# ものがたり洋菓子店 月と私

## ふたつの奇跡

野村美月



ポプラ文庫

Contents

# ものがたり洋菓子店　月と私

## ふたつの奇跡

# プロローグ

*Prologue*

「オンライン販売をはじめましょう」

うっとりするような甘い声を朗々《ろうろう》と響かせて、語部《かたりべ》が提案した。

場所は洋菓子店『月と私』の二階にある三田村《みたむら》家のリビングで、麦《むぎ》と糖花《とうか》、語部の三人で夕食をとりながらミーティングをしている最中だった。

ふっくらと焼き上がった鯵《あじ》の塩焼きの骨をとる手を止めて、麦は尋ねた。

「え？　お姉ちゃんのお菓子を通販するの？」

「はい、シェフのお菓子の魅力がみなさまに知られるようになり、遠方からわざわざお店に足を運んでくださるお客さまも増えてまいりました。より多くのかたにシェフの素晴らしいお菓子を味わっていただければと考えた次第です」

目を細めてやわらかに微笑《ほほえ》むと反則的な色気がただよう。姉の糖花はけんちん汁のお椀《わん》を手にしたまま頬《ほお》を染めてぽーっとしている。

長身でノーブルな顔立ちでモデルか役者のような語部は、麦の姉がシェフを務める洋菓子店の販売員《ヴァンドゥール》だ。

本人は、

「私は、シェフがお菓子にこめたストーリーをお客さまにお伝えし、シェフのお菓子をより輝かせるストーリーテラーでございます」

と主張しているけれど。

実際、語部が執事服に身を包んで店に立つようになってから、お客さんがどんどん増えていった。

夏に語部の養父が逮捕されたりでどたばたしたけれど、彼が言うようにお店の評判はますます上がっている。

そういえば先日、麦が店の手伝いをしたときお客さんに、

「ここのお菓子は本当に優しい味がして、綺麗で美味《おい》しくて、大好きなのよ。実家の両親にも食べさせてあげたいのだけど、送ってもらうことはできるかしら」

と訊《き》かれた。

はい、こちらでお会計をすませて送り状に記入していただければお手配しますと麦が答えたら、とても嬉《うれ》しそうにしていた。

「うん、そうだね。あたしは通販イイと思うな。やってみようよ、お姉ちゃん。お姉ちゃんのお菓子、最高だもの。お店に来られない遠くの人も絶対喜ぶよ」

「ありがとう、麦」

姉はまだ恥ずかしそうに嬉しそうに、ぽーっとしている。

色白でほっそりしていて、長いまつ毛をしとやかに伏せて口もとを内気にほころばせている様子は、妹の贔屓目《ひいきめ》なしにも超美人だ。

お姉ちゃん、本当に綺麗になったなぁ……。

一人で店を切り盛りしていたころは、いつも自信がなさそうに背中を丸めていて、地味で老けて見えていたのに。

「わたしも通販、やってみたいです。あの……頑張ります」

控えめな声で言い、語部のほうへそっと向けられた小さな顔が光のベールをまとっているみたいにきらきらしている。

そんな姉へ向けられる語部の眼差しも、深く優しい。

見つめあう美男と美女で、超絶絵になる。

たとえテーブルに並んでいるのがワインのグラスやフレンチのオードブルではなく、鰺の塩焼きやけんちん汁や大根ときゅうりの糠漬《かすづ》けであっても。

あれ、もしかして、あたし邪魔かな?

　実はこの二人は、両想いだ。

　奥手の姉が語部に恋をしているのはダダ漏れだが、姉は語部に好かれていないと信じている。

　それは語部が涼しげな笑顔で、

「私は糖花さんが苦手です。シェフとしては惚《ほ》れ込んでおりますが、仕事以外ではなるべく話しかけないでください」

　という血も涙もない発言をしたからだ。

　なんでそんなことを言ったのかと麦が尋ねたら、これまた平然と答えた。

　糖花さんは内面も外見も私の理想をすべて体現したかのような、ストライクゾーンど真ん中の女性ですと。

　それはもう、はっきりと、恥じらいもせずに。

　けれど職場にプライベートを持ち込むべきではないので、糖花さんには厳しく接するほうが良いのだと。

「麦さんもお姉さんに余計なことはおっしゃいませんように」

　もし糖花さんが私に恋をして気持ちを伝えてくるようなことがあれば、情け容赦《ようしゃ》なく振らせていただきます、とまで言い切った。

　内気で後ろ向きな姉以上に、語部は面倒くさい。

なんでそうなるのかわかんないよカタリベさん、と麦は頭を抱えたものだ。

もっとも、厳しく接すると言いつつ、語部は姉には他の誰に対するよりも細やかで優しいのだけれど。

「では、早速オンラインショップを開設します。それと通販のお手伝いをしてくださるパートさんを何人か募集して、ああ、パティシエも募集しましょう。注文が殺到すれば、シェフお一人で作るのには限界がありますから」

「え……」

きらきらしていた糖花の瞳が、急にくもる。

すぐに、

「は、はい。ありがたいです」

と答えたものの、なんだか浮かない顔をしていた。


語部が隣のマンションへ帰宅したあと、麦は姉に訊いてみた。

「お姉ちゃん、人を増やすの嫌なの？」

すると糖花はぴくっと肩を上げ、それから後ろめたそうにそわそわもじもじしながら口を開いた。

「そ、そういうわけでは……ないのよ。今よりお仕事が増えたら、わたし一人では回せなくなってしまうし……でも、その……」

まつ毛を伏せて、なぜか右手で耳たぶにふれ、いじりはじめる。

恥じらいに染まったそこには、三日月の形にカットされたピンク色のピアスをつけている。

語部が姉に贈ったものだ。

淡い銀色の光をまといながら透きとおる小さなピンクの月に、細い指でもじもじ、いじいじとふれながら、姉が麦に打ち明ける。

「……語部さんには、言わないでね。新しく来るパティシエさんが、わたしよりずっと素敵なお菓子が作れて、きびきびして手際もよくて、語部さんのタイプの、陽気でさばさばした社交的な人だったら……どうしようって……想像してしまって……」

どうやら語部が新しいパティシエに心変わりするのではと、心配しているらしい。

女性のパティシエが来ると決まったわけではないのに。

いや、男性でも、シェフとしての魅力で負けて、語部に見放されるのが怖いのかもしれない。

「大丈夫だよ、お姉ちゃん。お姉ちゃんの作るお菓子はとびきりなんだから。それにカタリベさんは職場に、好みのタイプとかストライクゾーンど真ん中とかそういう私情を持ち込まない人だと思うよ。うん」

姉が告白してきたら振るとまで宣言しているくらいだから……。

「そう……かしら」

姉の瞳はまだ不安そうに揺れている。

女性のパティシエさんが来たら、お姉ちゃんまた後ろ向きになっちゃいそうだなぁ……。女子大生の可愛《かわい》いパートさんも危険かも。


なので、翌日学校へ行く前に、一階の店舗で開店準備中の語部にさりげなく伝えてみた。

「お姉ちゃんの補助なら、男のパティシエさんのほうが力があっていいかもね。ほら、パティシエって体力勝負なところがあるし。パートさんも大学生の男の子とかいっぱいいたらにぎやかで楽しそう。今はお菓子に興味のある男の子も多いんじゃないかな」

すると、黒い燕尾服《えんびふく》をまとい髪を後ろに撫《な》でつけた語部に、とんでもないというように眉根を寄せられた。

「男性パティシエなど雇ったら、糖花さんの美しさに見入ってしまい仕事になりません。しかも糖花さんはお優しいから変に勘違いして言い寄りでもしたらどうするんですか。男性パティシエなら既婚者必須です。いいえ、奥さんやお子さんがいらしても、糖花さんのしとやかで清らかな美しさに抗えない可能性もじゅうぶんありえます。その辺を私がしっかり見極めて、糖花さんに安全なスタッフを補充させていただきます。もちろん男子大学生のパートも問題外です。若さが暴走して糖花さんに危害が及びかねません」

深みのある美声で、あくまでおだやかに、けれどあれれ？　な内容をいっきに語られて、麦は笑みを引きつらせて、

「そうだね……お姉ちゃんのために、いい人を選んであげて」

としか言えなかった。

行ってきます！　と店を出て振り返れば、朝のシンと澄んだ空気の中、戸建てが並ぶ静かな住宅地に、水色の壁と水色の屋根の洋菓子店が立っている。ガラスのドアが朝の陽射しを反射してきらきらしていて、満月のような丸いレモンイエローの表札に、お洒落《しゃれ》な青い文字で、

『月と私』

と店名が記載されている。

ウインドウ越しに、エレガントな白いコックコートに身を包んだ姉と、執事姿の語部が顔を寄せて話しているのが見えた。

糖花は手にメモ帳を持っている。

〝本日のケーキ〟の打ち合わせかな？

語部をしとやかに見上げる糖花の横顔が嬉しそうに輝いていて、そんな糖花を見つめながら、うなずいたり言葉を返したりしている語部の表情もとろけそうに甘くて、優しくて――。

やっぱりお姉ちゃんとカタリべさん、両想いじゃん。

ほっこりしたものの――なのに突き放したり自信がなかったりで、なんて困った二人だろうと、肩を落とす。

はーっ、どんな人がお店に来るんだろ？　あの二人、これからどうなっちゃうんだろう。

そんなことを考えながら、曲がり角に設置した、爽やかな水色にレモンイエローの円を組み合わせた店の案内看板の横を通り過ぎていった。

流麗な文字で書かれた言葉は――。

『ストーリーテラーのいる洋菓子店
月と私は、こちらです』

# 第一話

# ほろほろで、さくさくで、ざくざくで、しっとりな、月を集めたクッキー缶

*Episode 1*

# 一章　君里寧々《きみさとねね》の場合～半月のアーモンドキャラメリゼクッキー（カカオ風味）

「ようこそ『月と私』へ。ストーリーテラーの語部九十九《つくも》です。これからみなさんと一緒に、シェフが作った極上のスイーツをお客さまに届けてまいりましょう」

すらりとした長身をストイックな黒い燕尾服で包んだ男性は、左手を腹部にあて右手を後ろに回して優雅に一礼し、そう告げた。

朗々と響き渡る美声に、寧々は聞き惚れてしまう。

なんて五感をくすぐるイイ声。それにこんなモデルみたいにしゅっとした男性がケーキ屋さんの店員をしているだなんて、東京ってすごい。

先日四十三歳を迎えた寧々は、高校生の息子と中学生の娘を持つ主婦である。

山梨の果樹園が広がる田舎《いなか》で育ち、地元の高校を卒業し、地元の銀行に就職し、地元で結婚し子供を産んだ。そのまま地元で子育てやパートをして暮らしていたが、四十三歳を目の前にして夫の転勤で一家で東京へ引っ越してきたのだった。

田舎でのびのび育ってきた子供たちが、都会で窮屈《きゅうくつ》な思いや恥ずかしい思いをしたらどうしよう？　向こうじゃ塾なんて通っていなかったけれど勉強はついていけるのかしら？　学校で田舎者だといじめられたりしないかしら？

寧々は想像力が逞《たくま》しすぎて心配性なところがある。引っ越し前からさんざんネガティブな想像をふくらませて、ぐらぐらしていた。

幸い子供たちはすぐにこちらの生活になじみ、友達もできたようで楽しそうに学校に通っている。

「都会やっべー！　グッズの品揃《しなぞろ》えが全然違うし！」

「テレビで紹介されてたお店でパンケーキ食べちゃった！　でねでねっ、アイドルのユウキくんが近くの通りで撮影してたのっ！　都会最高！」

そんなふうにはしゃいでいた。

夫はもともと東京出身で、

「やっぱりこっちは便利だなぁ。車がなくてもどこでも行けるし」

などと言っている。

一家全員眼鏡《めがね》の似たもの家族だったはずなのに、寧々だけが都会の暮らしになじめずにいる。

そう言うと夫は「おいおいママ。このへんは都心からだいぶ離れた住宅地だぞ。公園もあるし自然も多いし、のどかでいいところじゃないか」と、したり顔で言う。

都会というのは高層ビルが林立するターミナル駅周辺のことで、そこと比べたら、このあたりは全然田舎だと。

けれど寧々が子供のころから慣れ親しんできた果樹園は、街のどこにもない。たわわに果実をつけたどこまでも広がる木々の代わりに目に映るのは、ぎっしり並ぶ戸建てや低層マンションで、自然なんて道路の脇の街路樹や公園の木くらいだ。

向こうでは広々とした家に住み、庭で野菜を育てていたのに、こちらでは３ＬＤＫのマンションを借りている。四人で３ＬＤＫは普通だと夫は言うが、田舎の広い家屋に慣れた寧々には窮屈で、ベランダで洗濯物を干そうとしたら、向かいのマンションでも布団を干しはじめて、慌てて部屋に戻ったり。上の階から聞こえてくるドアの開け閉めの音にビクッとしてしまったり。

外を歩いていても、道路が狭くてどこへ行っても人が多いのが息苦しく感じられたし、うっかり満員電車に乗ってしまったときなど周りからぎゅうぎゅう押されて、内臓が口から出るのではないかと思った。寧々は背が高くひょろりとしているので、顔はかろうじて上に出ていたが、体は電車が揺れるたびあっちに傾きこっちに傾き、眼鏡が斜めにズレ、何度も足を踏まれた。

満員電車とは聞きしに勝《まさ》る恐ろしいものであった。なにより他人とこんなに体を密着させるなんて、田舎ではありえない。

夫は車がなくてもどこにでも行けると嬉しげだが、寧々は果樹園のあいだの土の道を自家用車でのんびり走り抜けた日々が恋しかった。

夏に引っ越してきて季節はもう秋なのに、ずっと足もとがぐらついているような不安な気持ちで、わたしはこれからここでやっていけるのかしら、外出恐怖症になって、引きこもり主婦になってしまうのではないかしら？　と、ろくでもない想像ばかりしてしまう。

そろそろパートの仕事を決めなければならないけど、満員電車で通勤は絶対に無理だ。自転車で通えるところはないかとネットの求人情報を眺めていて見つけたのが、洋菓子店でお菓子の箱詰めや通販の発送をする仕事だった。

週二回、一日四時間以上から可というのも、応募しやすく感じられた。

面接はオンラインで、パソコンの画面越しだった。

オールバックに燕尾服の美形の男性が、ありえないほどイイ声で、

「はじめまして、当店のストーリーテラーの語部と申します」

と挨拶《あいさつ》してきたときには、幻覚かと思って眼鏡の位置を直したほどだ。

寧々のほうが面接される立場なのにどうしても気になって「ストーリーテラーってなんですか？」と尋ねてしまったら、語部はそれは優雅に微笑み、答えてくれた。

「当店に並ぶ魅力的な品々の中からストーリーを取り出し、お客さまに語り、お買い物のお手伝いをさせていただくのが私の役目です。販売、接客の他に、商品のプ

ロデュースや広報、オンラインショップの管理も担当しております」

広報？　広告代理店さんみたいな？

確かにこの黒の燕尾服が異様に似合う非現実的な男性には、広報担当よりもストーリーテラーという魔法めいた呼称のほうがしっくりくるような気がした。

「君里さんは経理の経験がおありなのですね。簿記の二級と給与計算実務能力検定の二級をお持ちですし、いずれ事務の仕事もお手伝いいただけそうですね」

「いえ、経理の経験といってもほんの少しで。お役に立てるかどうか……でも、あの、なんでも精一杯やらせていただきます」

緊張しながら画面に向かってぺこぺこ頭を下げて、眼鏡が落ちそうになった。

資格が功を奏したのか採用され、本日が初出勤だ。

店の隣にあるマンションの一階が事務所兼ロッカー室で、まずそこで説明を受ける。寧々の他に二名、今日が初出勤のパートさんがおり、二人とも寧々よりいくらか年上に見える。一人はずっとにこにこしているふっくらした人の良さげな女性で四十代半ばくらいだろうか？　もう一人は落ち着いた雰囲気の五十代初めくらいの女性だ。同僚が若い人ばかりだったら田舎者のガリでのっぽなおばさんは浮いてしまうのではと例によってネガティブな想像を展開していたので、ホッとした。

ところが、作業着として渡された裾《すそ》の長いストンとした水色のワンピースと、フリルのついた腰で結ぶ白いエプロンをロッカー室で着てみたら、あまりに可愛すぎて困ってしまった。この場合〝可愛い〟のは、もちろん服のほうだ。のっぽで眼鏡の中年女性にはハードルが高すぎる。

　ふっくらした同僚（牧原《まきはら》さんという）は、

「あらまぁ素敵ね！　それにほら、こんなにスマートに見えるのに動きやすいわ」

　とにこにこ顔でワンピースの裾を揺らしていたが、寧々ともう一人の同僚（八木《やぎ》沢《さわ》さんという）は、エプロンの裾をもじもじいじっている。

　ロッカー室から出てきた寧々たちを見て語部は、

「大変お似合いですよ。サイズもちょうど良いようですね」

　と即座に褒めてくれたが、

「でも、若いお嬢さんのほうが似合いそうです」

　寧々が思わず口にするとやわらかに目を細めて、この上なくうやうやしく誠実な口調で言った。

「とんでもないことでございます。背が高くて眼鏡が素敵な君里さんが着られると、明け方の空のように知的に涼しげですし、快活な笑顔が魅力の牧原さんが着られると、あたたかな真昼の空をまとっているようです。八木沢さんのように品のあるかたが着られると、おだやかな薄明の空のような優しさを感じます。君里さんも、牧原さんも、八木沢さんも、それは素敵に〝空〟を着こなしてくださっておりますよ」

三人の中で最年長に見える八木沢さんがぽっと頬を染め、牧原さんは嬉しそうに「まぁ」と表情をゆるめ、寧々は「うっ」と声をつまらせてしまった。

「そもそも甘いお菓子の前では、誰でも無邪気な女の子になってしまうものです。マンスフィールドの『若い娘』という短編に登場する十七歳の少女は、大人扱いしてもらえないことに苛立《いらだ》っておりますが、レストランでケーキが運ばれてきたとたん、すっかりケーキに心を奪われて素の自分に戻ってしまうのです」

形のよい唇から小説の一節が、音楽のように流れてゆく。

「――盆の上には、小さな気まぐれ、小さな即興、小さな溶ける夢を幾重《いくえ》にも積んだ菓子」

艶《つや》やかな声で語られるその情景が目に浮かび、甘いお菓子の味や香りが口の中を満たしてゆくようで……。

ストーリーテラーが朗々と言う。

「みなさんには、そんな月の魔法のようなきらめきをつめ込んだクッキー缶を作っていただきます。さぁ、私たちの店へまいりましょう。シェフからもご挨拶させていただきます」

もうこの時点で三人とも魔法にかかったようなものだった。

おそろいの空のワンピースで、マンションを出て隣の店舗へ移動する。爽やかな水色の屋根の下のガラスのドアをくぐり、明るい店内へ足を踏み入れると、甘いお菓子や果物の香りがした。

ああ……果樹園の匂いだわ……。

これは葡萄《ぶどう》……？　それと洋梨？

店内にはカウンターと、宝石店のような低いショーケースの他に、イートイン用の丸いテーブル席が二つある。壁の棚にクッキーやフィナンシェ、マドレーヌなどの焼き菓子が並んでいる。それがどれも、満月、半月、三日月と、月の形をしているのだった。

奥の厨房《ちゆうぼう》はガラスの壁で仕切られ、売り場から作業風景を見渡すことができる。厨房に移動し、調理台に並ぶ銀のバットと大量のクッキーが――大量の月が視界に飛び込んでくると、寧々も他の二人も声を抑えきれなかった。

「まぁ、可愛い！」

「綺麗ねぇ」

「それにとっても美味しそう！　いい匂い！」

齧《かじ》るとパリパリ音がしそうな、しっかり焼き色のついた半月のクッキーや、側面にグラニュー糖をきらきらとちりばめた三日月のチョコチップクッキー、真ん中に金色のレモンのジャムをのせた満月のクッキー。

全員女の子になって目を輝かせる。

若く美しい女性シェフが嬉しそうに頬を染め慎ましく、

「ありがとうございます。みなさん、これからよろしくお願いいたします」

と、挨拶してくれる。

白いコックコートをドレスのように優雅に着こなして、白い耳たぶで三日月にカットされた透明なピンクの石がきらめいている。うっとりするほど優美な女性だ。

そんな美しいシェフが白い手で作り上げてゆく、満月、半月、三日月のケーキを、まるで執事のような黒い燕尾服のストーリーテラーが受け取り、店のショーケースにそれぞれひとつずつ並べる。

お客さんが見本を見て注文したら、品物を出すという方式のようだ。

「本日の満月は赤い葡萄のタルト。ナガノパープルの濃厚な香りが素敵ですね。特別な日にお召し上がりいただきたい大変ロマンチックでゴージャスな一品《ひとしな》です。半月は栗のミルフィーユ。円の部分を下で固定して、パリパリに焼いたパイ生地とマロンクリームとカスタード、ごろりとした大きな栗の断面を見せるのが、華やぎがあって創造的です。三日月は洋梨のミルクムース。涼しげな洋梨にミルクの優しい甘さが絶妙にマリアージュしていて、こちらもぜひこの時季にお召し上がりいただきたい一品でございますね」

深みのあるイイ声で流れるように語る。こんなふうにすすめられたら、優柔不断で貧乏性な寧々も「全部ください！」と言ってしまいそうだ。

厨房には甘いバターやクリームや爽やかなフルーツの香りが絶えずただよっている。

「季節の果実は、地方の生産者さんたちからこだわりのものを取り寄せているのですよ。この葡萄は長野の小松《こまつ》農園さん、洋梨は山梨の依田《よだ》農園さんのお品です」

依田農園！　実家の近くにある、寧々がよく脇道を通っていた農園だ。毎年梨狩りにも行った。子供のころは両親と妹たちと、結婚してからは夫と子供たちと。

金色の梨がたわわに実る果樹園が、頭の中いっぱいに広がる。

大好きな故郷は、東京のこの店とつながっているのだと思ったら、胸がやわらかく震えた。

そのあと、早速作業に入る。両手にビニール手袋をはめて、水色の長方形の缶にクッキーを並べてゆく。

白い粉砂糖をたっぷりまぶした、ころりと丸みを帯びた三日月のクッキー、バターの香りが鼻孔をくすぐる厚焼きの満月のクッキー、キャラメリゼしたアーモンドだなんてたまらないもので表面をおおったカカオ色の半月。

青空を切り取ったような爽やかな水色の缶の中に、可憐《かれん》な月を次々はめ込む。綺麗な絵柄のパズルを楽しんでいるみたいにワクワクして、気持ちが華やいでゆく。

「どうぞ、お味見してみてください」

美しいシェフがはにかむような笑顔で、焼き立てのクッキーをすすめてくれた。

半月の形をしたカカオ色のアーモンドキャラメリゼ！　寧々が一番気になっていた〝月〟だ！

熱々の半月を胸を高鳴らせて口に入れると、薄くスライスしてキャラメリゼしたアーモンドがカリカリ鳴って、そのリズミカルな食感だけでも感動だったのに、そこからさらにカカオのクッキーがほろりと崩れるのに昇天しかける。香ばしいアーモンドに、ほろ苦いカカオの風味も絶品だ。

もう美味しすぎる！　アーモンドのカリカリが至福すぎ！

自分はこの都会の土地になじめるのか、受け入れてもらえるのか、職場でうまくやっていけるのかと、あんなに不安で仕方がなかったのに、気がつけば足もとが安定し、まっすぐ立っている。

こんなに美味しいクッキーを味見できるなんて、ここはなんていい職場だろう。それに美声《イケボ》のストーリーテラーも美しいシェフも目の保養で、とてもお似合いの二人で、もしかしてお付き合いしているのかしら？　と、甘い想像をめぐらせてしまう。

水色のクッキー缶が、愛らしい月で埋まってゆくのが楽しくて仕方がない。まるで空に浮かぶ月の世界にいるみたいで、可愛い制服に身を包んだ自分たちもそこの住人になった気分だ。

月から送られるクッキー缶は、どんな人たちに届くのかしら……。

それを受け取った人たちは、水色の蓋《ふた》を開けた瞬間、どんな輝いた表情を浮かべるのだろう。

わくわくする想像が次々浮かんできて、都会での新しい暮らしも悪くないかもしれないと口もとをゆるめた。

## 二章　五代充《ごだいみつる》の場合～三日月の蜂蜜《はちみつ》ファッジ

『さようなら
クッキーは充さんが食べてください』

そんなメモをリビングのテーブルに残して、はるかがマンションからいなくなったのは、秋が訪れたころだった。

すでに一週間が経つ。

北陸の金沢《かなざわ》で個人の設計事務所を営む充は、周囲から木枯らしのように冷たい人間だと思われている。やり手で優秀かもしれないけれど一緒にいると疲れる、あれは結婚できないなどと、陰口を叩《たた》かれてきた。

自分でもその通りだと思う。

男ばかりの職場にいて、学生時代も女性とほぼ交流がなかった。

女性の甘ったるい声や媚《こ》びたような目つきが苦手で、会話に裏表があり陰湿な感じが嫌だった。

多少親しくなっても相手に合わせることができず、結局うまくいかない。行きたくもない可愛いテーマパークへ連れていかれたり、食べたくもないお洒落な食事をするのが、あまりにも非生産的で、苦痛で仕方なくて。

別に一人でも構わない。

合コンに励む周囲を無視して仕事に集中するうちに、結婚適齢期とやらはあっというまに過ぎていった。

もともと家庭を持つことに向いていないのだ。なのにそんな自分が、はるかと同居をはじめたのは奇妙なことだった。

充と同年代のはるかは、たおやかな乙女のような人だった。

それなりに年齢を重ね社会にもまれているはずなのに、受ける印象はひたすら無《む》垢《く》で透明。

笑顔がやわらかで声がおだやかで、甘いお菓子が大好きで、よく綺麗な箱に入ったチョコレートや、ピンクや水色のマカロンや、きらきらしたフルーツをのせたタルトなどの可愛いお菓子を買ってきて、幸せそうに食べていた。

このチョコレートは中にとろっとした苺《いちご》のコンフィチュールが入っていて、とっても美味しいからと、充にもすすめてくれるが、いつも断っていた。

出会ったころ、はるかは古い家に一人で暮らしていた。

最近まで高齢の両親と同居していたそうで、充と違い引く手あまたであったろうはるかが婚期を逃したのは、親の介護のためだったのだろう。

両親とも亡くなり改築の相談を受けていたが、打ち合わせを重ねるばかりでなかなか先へ進まない。

この柱は残しておきたいとか、この間取りは変えたくないとか、この部屋は日当たりがよくて父も母も好きだった場所だから手を入れるのは気が進まないとか……なんとか今の形のまま残せないかとか……。

——無理ですね。全部取り壊して建て直すのが最善でしょう。

充が伝えると、そのときは、

——そうですね……。このままというわけにはいきませんよね。

と、ひっそり微笑むものの、また、あれは残せないか？　これはこのままでと言いはじめる。

そんなやりとりを重ねる中、はるかの家にまつわる思い出話や、はるか自身のことを聞いているうちに、なぜだか充もはるかに自分の話をするようになり……古い家はそのままで、はるかは充のマンションで生活するようになっていた。

今は仕事はしておらず、日中はのんびり過ごしながら部屋の掃除をしたり、食事を作ってくれたりする。

不思議と、はるかの存在を邪魔に思うことはなかった。

まるで昔から棲《す》みついている猫のように、はるかは充のマンションで自然にくつろいでおり、それぞれが別のことをして過ごしていても気にならない。少なくとも充のほうは。

けど、はるかはどうだったのだろう？

ある日、はるかが夢見る瞳で、ミラノに行きたい、ウイーンに行きたい、ベルリンもいい。なによりまずはパリに行きたい、コンサートへ行ったりお菓子巡りをしたいと語り、一緒に行かないかと尋ねた。

あのとき充はリビングで仕事の資料を読みながら、冷たい声で、

――旅行とか興味がない。仕事もつまっているから無理だ。

と答えたのだ。

はるかは文句を言うこともなく、「そう……」と静かに微笑んでいた。

充はそういう人間だと、あきらめていたのだろう。

もし、私がいなくなったら、充さんはどうする？

と、どこか儚げな様子で訊かれたときも、

――どうもしない。

そっけなく返した。

ＰＣの作業をしながらで、モニターに顔を向けたままだったので、充の言葉にははるかがどんな表情を浮かべていたのかは知らない。

そのころからはるかは咳き込むようになり、きっと風邪だから、うつしたら充が困るだろうからと、部屋に閉じこもることが多くなった。

そして、はるかが出ていった数日前。

病院から帰ってきたはるかは青ざめ憔悴《しょうすい》しきった顔で、もう私はパリにもミラノにもウイーンにも行けないと、掠《かす》れた声で言った。

ひどく絶望しているようで、すぐに部屋に引きこもってしまった。

充は急ぎの仕事で事務所に戻らねばならず、あとで聞けばいいだろうと、マンションを出た。

トラブルが重なって、ようやく自宅に帰ってこられたのは二日後だった。

リビングがやけに静かで淋《さみ》しげで、テーブルに繊細な文字で書かれたメモが置いてあった。

『さようなら
クッキーは充さんが食べてください』

はるかの荷物はなくなっており、はるかがマンションを出ていったことを充は知った。

「……以前の生活に戻るだけだ……どうもしない」

乾いた声で、そうつぶやいた。

けれど、はるかの姿がないリビングはやけに空虚で、はるかが残したメモも捨てられずにいる。

ずっと具合が悪かったようだが、一人で大丈夫なのだろうか。

それに、クッキーってなんなんだ。

クッキーなどマンションのどこにもなく、謎のメッセージを見おろしてもやもやしていた。

そんなふうに一週間が過ぎて。

ようやく仕事が一段落つき、自宅にいてもやることがないからか、はるかのことを考えてしまう。

メモに書かれた謎のメッセージを眺めていたとき、インターホンが鳴った。

モニターに宅配業者の姿が映る。

お届けものですと。

荷物を頼んだ覚えはないのだが……。

コンパクトな段ボール箱を受け取り、貼りつけてある送り状を見ると、品名は『焼き菓子』とあった。

受け取りは充の名前になっているが、これははるかが頼んだものに違いない。よくお菓子の取り寄せをしていて、宛先を充の名前にしていた。

表札には充の苗字しかないからと。

箱を開けると、長方形の缶が入っていた。爽やかな水色で、蓋に黄色の三日月、半月、満月と三つの小さな月が描かれ、その下に窓の絵が添えられている。
「クッキー缶……？」
クッキーは充さんが食べてください。
蓋の縁に巻かれたテープをはがして開けてみる。
すると水色の薄紙の上に、丸い黄色の小冊子があった。
『ストーリーテラーから』
と印字されていて、手にとりめくると、やわらかなフォントで言葉が綴《つづ》られていた。
『これは私が月から聞いたお話です』
『夜空を照らす月は昼間は見えませんが、いつもあなたに寄り添っています』
『そして優しくひそやかに、たくさんの言葉を語りかけているのです』

『そんな月の声を、甘いお菓子にしてお届けします』

『清らかな三日月　静謐《せいひつ》な半月　豊かな満月』

『よりすぐりの月を集めました。どうぞ月の声に耳をすましながらお召し上がりください』

次のページには商品のイラストと商品名がある。

三日月のキプフェル
三日月の蜂蜜ファッジ
三日月のディアマン（チョコチップ入り）
半月のスペキュロス
半月の胡椒《こしょう》のビスキュイ
半月のアーモンドキャラメリゼクッキー（カカオ風味）
満月のガレットブルトンヌ
小さな満月（レモンのメレンゲ）

満月の紅茶サブレ（レモンのジャムをたたえて）

水色の薄紙をそっととりのぞくと甘い香りがただよい、三日月、半月、満月のクッキーがぎっしり詰め込まれていた。

丸みを帯びた白い三日月に粉砂糖をまぶしたキプフェル。柊《ひいらぎ》と雪の結晶の模様を刻んだ茶色の薄い半月がスペキュロスで、上にスライスしたアーモンドをびっしりのせたカカオ色の半月がアーモンドキャラメリゼクッキー。厚みがあるビスケットのような丸いクッキーがガレットブルトンヌ、紅茶の茶葉を練り込んで真ん中にレモンのジャムを塗った満月の紅茶サブレ、そんな愛らしい月たちの隙間《すきま》を埋めるように散らばる、先がちょんと尖《とが》った小さな丸い月が、レモンのメレンゲ。

たくさんの月がやわらかな光を放ち、笑いさざめいているようだ。

甘いものも可愛いものも充は苦手で、はるかが差し出すお菓子をいつも断ってきた。なのにこんなものを残してゆくなんてひどいではないかと、喉が震え、まぶたが熱くなった。

はるかが優しい笑顔ですすめてくれたお菓子を食べていたら、はるかは出ていかなかったのだろうか。

濃い蜜色の三日月を指でひとつつまみ口に入れると、舌の上でほろほろと崩れていった。

その儚さに驚き――震えて。

噛《か》みしめるごとにじわじわと滲《し》み出る蜂蜜の甘さと香りに、心がどんどん弱くなり淋しさが波のように押し寄せてきて、まぶたが痛いほど熱くなって。

飲み込んだあとも舌に甘さと淋しさの余韻《よいん》が残っている。

同じ三日月をもうひとつ、口へ運ぶ。

ほろほろほろほろ、崩れてゆく。

蜂蜜の香りが鼻に、舌に、満ちる。

消えずに残っている。

可愛いものが苦手だった。優しくされると、どういう態度をとっていいのかわからなかった。

だから自分には全部不要だと思っていた。

けれど今、こんなにも愛らしい、小さな月に、どうしようもなく心を揺さぶられている。

目がうるおい頬を生ぬるいものが伝い落ち、泣いているとわかって、さらに混乱した。

自分は泣かない人間だと思っていたのに。

小冊子に綴られたストーリテラーの言葉が、なぜだかはるかのふんわりした声で聞こえてきて。

『夜空を照らす月は昼間は見えませんが、いつもあなたに寄り添っています』

『そして優しくひそやかに、たくさんの言葉を語りかけているのです』

はるかが充のそばに、そんなふうにいてくれたことに気づく。

自分のような偏屈な人間にとって、あれは得難い奇跡で、あの優しさも、おだやかさも、愛らしさも、失ってはいけないものだったと。

はるかの病気は重いのだろうか？　治らないものなのだろうか？　だとしても今度は自分がはるかの力にならなければ。

三つあった三日月の蜂蜜ファッジを食べ切り、充は夢中でマンションを飛び出し、車を運転してはるかの古い家がある街へ向かった。

何度も行ったので、場所はわかっている。

一緒に暮らしているあいだも、はるかは空気を入れ替えるため、ときどき家に戻っていた。

きっとはるかは、あの家にいる。

街中を過ぎ、周りの風景はどんどん淋しくなり、外灯の明かりも減ってゆく。

代わりに天空の月がやわらかに照らす細い道を、アクセルを踏んで車を飛ばしながら、充はつぶやき続けていた。

はるかは元気になる。

はるかは大丈夫だ。

ずっと一緒に生きてゆくのだと。

## 三章　安藤茉由《あんどうまゆ》の場合～満月の紅茶サブレ（レモンのジャムをたたえて）

まぁるいモニターの向こうから、お母さんのうんと明るい声が聞こえてくる。

「今お花屋さんの前よ！　ほら、お魚屋さんの前も過ぎたわ。おうちまであとちょっとよ！　まだチャイムは鳴ってないわね？　茉由ちゃん」

茉由はリビングの収納ボックスの上に置いてある、まぁるいモニターに向かって元気に答える。

「うん、まだチャイムは鳴ってないよ、お母さん」

一人でお留守番をしているときはインターホンが鳴っても絶対に出てはいけません、もちろんオートロックも解除したらいけませんと言われている。

茉由は小学二年生で、まだ子供だから。インターホンを鳴らしたのが悪い人だったら大変だからと。

リビングと寝室の二部屋しかない小さなマンションで、茉由は看護師のお母さんと二人で暮らしている。

お父さんは茉由が生まれたときからいなかった。みくりちゃんや唯奈《ゆいな》ちゃんのおうちにはお父さんがいるのに、なんでわたしのおうちはお母さんだけなのかなぁと考えたこともあるけれど、お母さんのことは大好きだし、二人はとても仲良しだ。

もっとお母さんがおうちにいてくれたらいいのに。

お母さんはお仕事から帰ってくるのが、夜の遅い時間になることもある。お休みの日もお仕事でいなかったり。

そういうとき茉由は一人でお留守番をして、お母さんが作っておいてくれたごはんを冷蔵庫から出して一人で食べる。

電子レンジと電気ポットは使ってもいいけれど、キッチンの電気コンロはさわったらダメと言われている。

レンジやポットと、そんなに変わらないと思うんだけどなぁ……もう二年生だから平気だよと不満だけど、お母さんが「三年生になったらね」と約束してくれたので我慢している。

お母さんは茉由のことをまだ小さな子供だと思っているから、お母さんがいないとやってはいけないことがたくさんあって。

やっぱりお母さんが、もっとおうちにいてくれたら最高なのになぁ。

それに、こんなことを言ったらまた子供だと思われるから絶対に言わないけど、お母さんがいないときにチャイムが鳴るとビクッとして、息を殺してじっとしてしまうし、夜ひとりぼっちで宿題をしたりネットの動画を見ていると、たまに周りがシーンと静かに感じられて怖くなる。

お母さんには、本当に、絶対に、内緒だけど……。

「ただいま！　茉由ちゃん！」

モニターから聞こえていたお母さんの声が、今度は玄関から聞こえて、茉由は足音を立てないようにそっと早歩きして、お母さんをお出迎えした。

「お帰りなさい！　お母さん！」

「チャイムはまだ鳴ってないわね」

「うん！　宅配便さん、まだ来てないよ」

「よかった～！　最終便に間に合った～！」

お母さんが茉由をぎゅーっと抱きしめ頬ずりした。お母さんが働いている病院の消毒液の匂いがする。とても安心する大好きな匂いだ。

「今日は素敵なものが届くのよ。茉由ちゃんがいつもいい子でお留守番してくれているから、お月さまからプレゼントよ」

「お月さま？」

茉由が目を見張ったとき、チャイムが鳴った。

「来た！」

お母さんが、とびきりの笑顔でインターホンに出る。すぐに届けものを持って現れたのは、お月さまではなく宅配便の配達員さんだ。

けれど「ほら、茉由ちゃん、お月さまよ」とお母さんが段ボール箱を開けると、綺麗な水色の缶が出てきた。蓋に三日月と半分の月と丸い月の絵と、窓の絵が描いてある。

お母さんが蓋を開けると、甘い香りがふわぁ～っと茉由の鼻をくすぐった。

わぁ、いい匂い。

お母さんもうっとりした顔で鼻をひくひくさせている。

薄い水色の紙の上に丸い紙のお月さまが置いてあって、それも取り払うと、甘い香りがもっといっぱい広がって、茉由の目の中にお月さまが、いっぱい、いっぱい、飛び込んできた。

横にきらきらしたお砂糖がたくさんついたチョコチップの三日月に、薄く切ったアーモンドをいっぱいのせた半分のお月さま、こんがりきつね色に焼けたどっしり厚みのあるまぁるいお月さま。

先がちょんと尖ったころころした黄色の小さなお月さまが、森に落ちた月の雫《しずく》みたいに散らばっている。

他にも素敵なお月さまがたくさん並んでいる。

「うわぁ、きれいね、おいしそうね、お母さん」

「夜だけど、ちょっとだけお味見してみましょうか」

お母さんも早く食べてみたくて仕方がないのだろう。電気ポットで大急ぎでお湯をわかして、お茶を淹《い》れる。

ぐっすり眠れるハーブティーで、茉由のカップにはあたたかいミルクと蜂蜜をたっぷり注ぐ。

「二つだけね」

と言われて悩みに悩んで、真ん中に黄色のジャムをのせたまぁるいお月さまと、粉砂糖がほろほろ落ちてくるころっとした三日月のお月さまを選んだ。

お母さんが丸い紙のお月さまを見ながら、

「満月の紅茶サブレ（レモンのジャムをたたえて）と、三日月のキプフェルですって」

と教えてくれる。

名前も美味しそう！

レモンのジャムが月の光を集めたみたいにつやつや光っているまぁるいお月さま

を真っ先に齧る。

紅茶の香りのするサブレが歯をあてたとたんサクッと鳴って、そのままサクサクほろほろと崩れて、甘いバターと大人っぽい紅茶の味が広がった。そこに爽やかなレモンのジャムがどろりと流れ込む。

美味しすぎてほっぺたが落ちそうだ。両肘を体の脇にぱたぱたあててしまう。

『ストーリーテラーから』と書いてある丸い紙のお月さまを開いて、お母さんが読んでくれた。

「――夜空を照らす月は昼間は見えませんが、いつもあなたに寄り添っています。そして優しくひそやかに、たくさんの言葉を語りかけているのです。そんな月の声を、甘いお菓子にしてお届けします、ですって。ロマンチックねぇ」


お月さまは昼間は見えなくても、いつもいっしょなんだ……。


齧りかけの、まぁるいお月さまを、じっと見おろす。

まぁるい、まぁるい形が、なにかに似ている。

あ、そうだ、〝見守りモニター〟だ。

お母さんが外にいるときも、茉由が家の中でどう過ごしているかをスマホで確認できる。お母さんとお話もできる。

まぁるいモニターは、お月さまと同じ形をしている。

そうか、これはお母さんが茉由のために置いてくれた、お月さまだったんだ。

お母さんはおうちにいないときも、わたしといっしょなんだ。

そう考えたら、とても、とても、嬉しくて、頬がもっとゆるんでとろけた。

レモンのジャムをたたえた、まぁるいお月さまを、また齧る。サブレというのは砂のことなのだと、お母さんが紙のお月さまを見ながら教えてくれる。砂のようにほろほろさらさらと口の中で溶けてゆくクッキーなのだと。

紅茶とレモンの香りにほんわりしながら、これからはお母さんがお仕事で遅いときも、今までよりも淋しくないだろうと思った。

離れているときも、きっとお母さんは茉由に、たくさんお話ししてくれているから。

# 第二話

## 儚いメレンゲとミルキーなシャンティに降り注ぐ、軽やかなマロンクリームに溺れるトルシュ・オー・マロン

*Episode 2*

「秋のアシェットデセールよかったよ！　麦ちゃん！」

明るいホットピンクのトレーナーがよく似合う常連のヨシヒサくんが、レジで興奮気味に語った。

イートイン限定の皿盛りスイーツは、先週から提供している〝三日月のトルシュ・オー・マロン〟が大好評で、この一週間イートインで訪れるお客さんはほぼ、これを頼む。

「モンブランを、トルシュ・オー・マロンって呼ぶ地方もあるんだね。りょうさんがSNSにアップしてるの見て、すぐ食べなきゃって、すっ飛んできちゃった。すごいバズりかただったたから絶対混むと思って」

「ぼくもイイネがどんどん増えて、びっくりだったよ」

最近、食べ歩いたスイーツの写真をSNSに投稿しはじめた、同じく常連の凌吾《りょうご》さんも言う。

「りょうさんの写真、めちゃめちゃウマそうだったもん！　マロンクリームがふわっふわの盛り盛りで、二枚目の断面写真のシャンティとメレンゲも臨場感たっぷりで、口の中に唾がたまっちゃったよ。あれはバズるでしょ」

小柄な大学生のヨシヒサくんに褒められて、大柄でどっしりした体格の社会人の凌吾さんは照れている。

「いや、ぼくじゃなくて、月わたさんのトルシュ・オー・マロンの魅力だよ。ぼくも混んじゃう前にリピートしなきゃって、在宅ワークの休憩中に来ちゃったし」

仲良しのスイーツマニア同士のやりとりに、麦もほっこりしてしまう。

「そういえば麦ちゃん、学校は？」

ヨシヒサくんが尋ねる。

高校生の麦が、平日のこの時間からカウンターにいることが気になったようだ。

「今、試験期間中で早上がりなんです」

「え、勉強しなくていいの？」

「そうなんですけど、人手が足りなくて」

ガラスの壁で仕切られた厨房では、エレガントな白いコックコートに身を包んだ糖花が、絹糸のように繊細なマロンクリームをメレンゲとシャンティの上に振りかけている。今日一日で、どれだけマロンクリームを絞り出したのだろう。

水色のワンピースにフリルの白いエプロン姿で、頭に白い三角巾をつけたパートさんたちも、通販の箱詰めをするかたわら店売りのサブレやマドレーヌをラッピングしたりで大忙しだ。

パートさんは四十代から五十代の女性が集められた。語部曰《いわ》く、主婦でそれくらいの年齢だと、子育ても一段落ついて、主婦としてのスキルも体力も常識もあり、短時間のシフトを組むのに最適なのですと。

麦のクラスメイトの牧原爽馬《そうま》の母ふみよさんも、パートとして週二回働いてくれている。

「とっても楽しくて、ときめくの」

と、ふっくらした顔をほころばせて語っていた。

制服のお空のワンピースも袖《そで》を通すたびにウキウキするのよ、と。

山梨出身で、背が高くてひょろりとした眼鏡のパートの君里さんも、

「わたしもです。初めはこんな可愛い服、恥ずかしかったけど、今は好き。足さばきもよくて動きやすいし、気分がアガります」

と、明るい表情で言う。

実際、ワンピースを着たパートさんたちに違和感はなく、ガラス越しに見渡せる厨房がいっそう明るく華やかに見えるし、なによりパートさんたちがみんな生き生きしている。

それも語部の計算通りなのだろう。

うーん……パートさんに関してはカタリベさんのプランがしっかりハマった感じだけど、肝心のパティシエさんがなぁ……。

難しい顔になる麦に、凌吾さんが遠慮がちに訊いてくる。

「表の『パティシエ募集』の紙、ずっと貼ってあるけど、人が来ないの？　『月と私』っていったら、今やスイーツマニアのあいだで大注目の人気店なのに」

「……応募はそれなりにあるんですけど……なかなかカタリベさんのお眼鏡に適《かな》う人がいなくて……」

黒い燕尾服を着た語部は、厨房で糖花が仕上げたトルシュ・オー・マロンを受け取り、優しげに微笑んでいる。あんなふうに優雅な笑みを浮かべて面接し、志望者を片っ端から落としていった。

曰《いわ》く『彼はきっと糖花さんに恋をしてトラブルになるでしょう、お断りしましょう』とか『彼は女性に手が早そうです。糖花さんの安全のためにお断りしましょう』とか。

カタリベさん……この世のあらゆる男の人は、お姉ちゃんに恋すると思っていそう……。

なので女性パティシエをすすめてみた。

——今日面接に来た女の人、レストランのパティシエさんだったんでしょう？ すごく熱心にカタリべさんの顔を見て、うなずいてたし、あの人でいいんじゃないかな？

明るい雰囲気の美人だったので、お姉ちゃんは心配かもしれないけど……。

麦の言葉に、語部は首を横に振り大真面目《おおまじめ》に答えた。

——いいえ、私にアプローチしてきそうなのでお断りしましょう。ああいう目つきの女性は避けたほうが無難です。プライドも高そうなので糖花さんと張り合われたりしたら迷惑です。

……お姉ちゃん、全然心配することないよ。カタリべさんはお姉ちゃん一筋だよ。

けれど、こんなに忙しいのに新しいパティシエがいつまでも決まらないのは、姉も負担なのではと頭が痛い。

ヨシヒサくんと凌吾さんが「また来るね」「早く新しいパティシエさんが決まる

よう祈ってるよ」と言って店を出てゆき、厨房から語部が戻ってくる。

麦がレジに専念していると、明るい声が店内に響いた。

「イートインしたいんですけど！　トルシュ・オー・マロンをくださぁい！」

そちらを見ると、声と同じくらいきらきらした男の子が立っていた。

中学生かな？

ゆるっとした私服姿で、やわらかそうな髪は金色だ。アイドル系の可愛らしい顔立ちで、大きな目がきらきら輝き、口もとから笑みがこぼれている。

語部の案内でテーブル席に着いてからも、楽しみで待ち遠しくて仕方がないというように口もとをほころばせたまま、店内をきょろきょろ眺めたり、ガラスの壁越しに厨房を見て目を輝かせたりしている。

麦までにっこりしてしまった。

可愛いなぁ、もう。

トルシュ・オー・マロンを、そんなに楽しみにして来てくれたんだね。

髪は染めてるのかな？　中学生だと校則違反だし、もしかしてあたしと同じ高校生？　あ、インターナショナルスクールの生徒さんだったりして。

「お待たせいたしました。秋のアシェットデセール『三日月のトルシュ・オー・マロン』でございます」

語部がトルシュ・オー・マロンの皿を、うやうやしくテーブルに置く。

金髪の男の子は目をまんまるに開いて、白い皿に浮かぶ優雅な三日月を見つめている。口が「わ〜」という形に開いている。

「フランス東部のアルザスやリヨンでは、モンブランをトルシュ・オー・マロンと呼んでおります。トルシュは松明《たいまつ》という意味で、メレンゲとシャンティの上に高々と盛り上げたマロンクリームを松明の灯《あか》りに見立てたのでしょう」

深みのある艶やかな声で語られるストーリーを、男の子はうんうんとうなずいて聞いている。

そのあいだもトルシュ・オー・マロンをわくわくと見つめたままだ。

「当店のトルシュ・オー・マロンは、霧のように儚く崩れるメレンゲを土台に、ミルク感たっぷりの無糖のシャンティを盛りつけ、その上からマロンクリームを振りかけてゆきます。舌の上ですーっと溶けてゆくシャンティはフレッシュで軽やかで、降り注ぐ和栗のマロンクリームはさらに細く軽く、ふわふわとした食感の中に、栗の香りがそれは優しく上品に広がるのをお楽しみいただけます」

「いただきます！」

男の子がマロンクリームの山にフォークを差し入れる。細いクリームが、フォークの隙間からはらはらと落ちてゆくのに、また「わ〜」と口を開き、

「本当に、ふわっふわだー」

と感激の声を上げた。

そして淡い金色のマロンクリームを真っ白なシャンティにからめるようにすくい直して一緒に口へ運び――。

「わっ！」

と叫んだ。

「栗の香りがすごいっ！　それにシャンティもめっちゃミルク。マロンクリームが口の中でふわふわほどけていって、うわーっ、うわーっ、メレンゲもこんなに軽くて口溶けが抜群で、ううう、この食感たまんないっ」

優雅な三日月を崩しては口へ運び、感嘆し、打ち震え、また口へ運び、感極まって目を閉じる。

なんて美味しそうに、楽しそうに、幸せそうに食べるんだろうと、麦は男の子から目を離せなくなってしまった。

動画を撮ってお姉ちゃんに見せてあげたいっ。この子、お姉ちゃんのトルシュ・オー・マロンを、こんなに美味しそうに食べてくれてるよ！

あっというまに皿が空になり、男の子は満足のため息をもらした。

そうして、また目をきらきら輝かせ、語部に向かって怒濤《どとう》のように言った。

「決めた！　おれ、ここで働きたい！　表に張り紙があったでしょ？　おれを雇ってください！　星住郁斗《ほしずみいくと》、十六歳！　六本木《ろっぽんぎ》のオルロージュでパティシエ見習いやってました！　このデセールは世界で二番目に美味しいです！」

え？　え？　オルロージュってデセールが一皿五千円っていう、あの有名店？

この子パティシエなの？　十六歳？　学校は？

それに二番目に美味しいだなんて、カタリベさんが静かに怒りそう。

麦が唖然《あぜん》としたり心配したりしていると、語部はこの上なくにこやかな顔つきで、麦をさらに驚かせることを言った。

「はい、星住郁斗くん。あなたを雇いましょう」

◇　◇　◇

「糖花さーん！　マカロン全部終わったー！　次はー？」

「え、もうできたんですか？　じゃあアーモンドのキャラメリゼをお願いします」

「やった！　キャラメリゼ超好き！」

語部の鶴の一声で採用が決まった郁斗は、ずっと以前からこの厨房にいたように
くるくると動き、てきぱきと手を動かしている。

まだ三日目なのに、たくさんある調理器具や食材の置き場所をあっというまに覚
えてしまい、

「記憶力には自信があるんだ。一回見たり読んだり聞いたりしたら忘れないよ」

と朗らかに言う。

「糖花さんではなく、シェフとお呼びください」

語部にやんわり注意されて、

「はいはーい！」

と明るく答えるが、また、

「糖花さ〜ん！」

と声を張り上げるので、

「本当に記憶力がよろしいのでしょうかね……」

と語部に眉根を寄せられている。

まだ十六歳になったばかりで、高校は夏休みに入る前に中退したという。

テレビでもたびたび取り上げられる六本木の高級パティスリー〝オルロージュ〟

でパティシエ見習いをしていたのは事実のようだが、期間はたったの一ヶ月だった。

そのオルロージュも、スターシェフの不祥事で現在休業中である。

本場フランスで実績を作って凱旋《がいせん》帰国したモデルばりのイケメンシェフが、お客さんの目の前で華麗に作り上げてゆくアシェットデセールを売りにしていて、有名インスタグラマーたちに絶賛され、テレビで特集を組まれ、芸能人がお忍びで通う店とも言われており、デセールがドリンク付きで一皿五千円近いにもかかわらず、予約がなかなかとれない人気店だった。

それが、ある日一人の男性ユーチューバーがやってきて、カウンターでライブ配信をはじめた。

写真や動画の撮影はむしろ推奨しており、どんどん宣伝してもらおうじゃないかと日頃から不敵に言い放っていたイケメンシェフであったが、ユーチューバーのリアクションがいちいち大袈裟《おおげさ》で声も大きいので、途中から顔が引きつっていたという。

他のお客さまのご迷惑になるので、お声を少し落としていただけると助かりますと、最初は控えめに伝えていたが、あきらかに怒りを蓄積させていたと、そのとき厨房から見ていた郁斗は言う。

「時兄《ときに》ぃは短気だから。我慢したほうだよ、うん」

シェフの桐生時彦《きりゅうときひこ》は郁斗の親戚らしい。つまり縁故採用だったわけだ。パティシエ見習いというより学生のアルバイト扱いだったのだろう。

ユーチューバーは店のスペシャリテのトルシュ・オー・マロンを食べているあいだは絶賛の嵐だったが、そのあとがよくなかった。

——これは確かに極上！　だがしかぁぁぁし！　一皿四千九百五十円は高いっ！　あまりにも高すぎるっっ！　全国どこでも気軽に買えて超～ウマいドルチェリーナの栗とサツマイモのモンブラン三百八十八円に比べたらコスパが悪すぎだぁぁぁ！　ぶっちゃけ味もそんなに変わらないぞ！　ドルチェリーナでじゅうぶんウマい！　オルロージュ対ドルチェリーナ、ぼくのジャッジはドルチェリーナに決まり！

全国展開している工場生産の量産スイーツと比較され、味に大差はなく値段も高すぎる、ドルチェリーナの勝ち、と目の前で配信され、桐生シェフはブチギレた。

——はぁぁぁっ？　味が同じだぁ？　サツマイモ使って価格を抑えてるあちらさんと、フランスから輸入した洋栗だけで作ったマロンクリームを新鮮な状態で提供しているおれのトルシュ・オー・マロンが、同じはずがあるかぁぁぁっ！　この味音痴《おんち》のクソユーチューバーがぁぁっ！

ラム酒をあたためるための片手鍋をつかんでカウンターから飛び出し、わめきながらユーチューバーにつめ寄った。

郁斗たちが慌てて止めに入ったが、ユーチューバーは配信を続けながらへっぴり腰で逃げ回り、桐生シェフは片手鍋を振り上げ追いかけ、最後はつまずいて転んだ。ユーチューバーが桐生シェフのコックコートをつかんで巻き込み、一緒に床に転がった。ユーチューバーは無傷だったが、桐生シェフは運悪く倒れたところに椅子《いす》が落下して、その上にユーチューバーの体重がかかり、利き腕を骨折した。

全治三ヶ月。

重症である。

さらにユーチューバーの配信動画が拡散され、炎上した。

ユーチューバーもよくないが、桐生シェフも暴言がすぎると非難を浴び、アイドルとグラビアモデルとの二股交際疑惑までネットで広まり、桐生シェフへの風当たりは強まるばかりで、オルロージュは休業となったのだった。

実際は閉店に近く、オーナーは高級中華レストランへのリニューアルオープンを計画中だという。そこで中華とフランス菓子を融合したハイブリッドスイーツのパティシエとして再出発してはどうか？　きっと話題になるだろうと打診され、桐生

シェフはまたキレ、

――ざけんな！　フランスの老舗《しにせ》パティスリーでゴリゴリの正統派フランス菓子を学んだおれに、餃子《ギョーザ》のケーキを作れって？　あー、こっちからやめてやる！

と啖呵《たんか》を切ったとか。

「時兄ぃ、本当に短気だから。でもまぁ、あの場合は仕方ないよなぁ」

親戚のお兄さんの心境を思いやってか、郁斗はちょっとしゅんとしていた。

けれどすぐに目を明るく輝かせて、

「おれも無職になっちゃったけど、この店で糖花さんのトルシュ・オー・マロン食べたら、もう世界で二番目に美味しくて、ここで働くしかないって思ったんだ」

と語った。

「『月と私』に来たのは、ＳＮＳで流れてきたトルシュ・オー・マロンを見たからだよ。たいていの店は〝モンブラン〟か、たまに〝モンテビアンコ〟で、〝トルシュ・オー・マロン〟って品名で出してる店はレアだったから」

いつか、おれも最高のトルシュ・オー・マロンを作るんだと晴れやかに宣言し、メレンゲとシャンティの白い頂《いただき》に、金色のマロンクリームをふわりふわりと優しく振りかけてゆく糖花の手もとを、うっとりと見つめる。

経験は少ないけれど、素直で前向きで仕事も早くて、いい人に来てもらえたな〜、と麦は安堵《あんど》していたのだが……。

◇　◇　◇

「だから令二《れいじ》くんが心配するようなことはないって。普通に働き者でイイコだし」

「十六歳って若すぎだろ。しかも高校中退ってヤンキーかよ。無免許でバイク乗り回したりチームで抗争したりして警察沙汰《ざた》になって退学したに決まってる」

「それ牧原くんがハマってる漫画でしょ。令二くんも読んだんだ。郁斗くんは全然ヤンキーじゃないし、アイドル系で可愛いよ」

「アイドル系ぇ！　それ、ぼくとかぶるだろ！　ダメだろ！」

やっと新しいパティシエさんが決まったと報告してから、令二はこの調子で文句を言い続けている。

麦のクラスメイトで幼馴染の令二は、爽やかな容貌と親切で礼儀正しく成績優秀という完璧なスペックで、女子の人気は絶大だ。

けれど実態は捻《ひね》くれ者の暗黒王子で、麦の前では毒舌全開である。

令二は子供のころから糖花のことが好きで、ずっと意地悪をしていた。「糖花さんって地味で老けてますよね」とか「お菓子、全然売れませんね。やっぱり地味だから」など、糖花が自信を失うような言葉をチクチク投げ続けた。

それは自分が大人になるまで、糖花がとびきりの美人だと周りに気づかせたくなかったためだが、だいぶタチが悪い。好きだから意地悪するなんて子供の発想だ。それを高校生になっても続けるなんて幼馴染の麦でも弁護できない。

とはいえ語部の出現により、今のままの戦略では不利だと悟ったようで、最近は糖花に優しくしようと心がけている。

……まだお姉ちゃんに警戒されているのは、令二くんの自業自得だけど。

そんな令二なので、新しいパティシエが十六歳のアイドル系の可愛い男の子なのは聞き捨てならないようだ。

「今日放課後、店に行く。糖花さんに手を出しそうなやつなら追い出してやる」

と物騒なことを言い、麦と一緒に店への道を歩いているのだった。

「そんな子だったら、カタリべさんがとっくに辞めさせてるから大丈夫だよ」

「そのカタリべが一番目障りなんじゃないか」

令二が思い切りしかめっ面をする。

『ストーリーテラーのいる洋菓子店

月と私は、こちらです』

という立て看板が示す矢印のほうへ向かうと、住宅地の中に明るい水色の屋根が見えてくる。入り口にレモンイエローの満月に青い字で『月と私』とお洒落に印字された表札がかかっていて、ガラスのドアを開ければ甘いバターやクリームやフルーツの香りに包まれる。

「いらっしゃいませ！　ストーリーテラーのいる洋菓子店へようこそ！」

潑剌《はつらつ》とした声で迎えてくれたのは、白いコックコートを着た郁斗だった。

両手に空っぽの皿やティーカップをのせたトレイを持っている。厨房へ下げるところだったのだろう。麦を見て、さらに笑顔になった。

「お帰り、麦ちゃん。なんでお店から？」

「お客さんと一緒だから。クラスメイトの令二くんだよ。家も近所なんだ」

せっかく紹介してあげたのに、令二は「どうも……」と険しい顔でつぶやいて、麦を店の隅に引っ張っていった。そこで小声の早口で言う。

「金髪じゃないかっ。あれ染めてるだろ。どう見てもヤンキーで退学じゃないか」

「決めつけるのよくないよ。もう学校は行ってないんだから金髪にしたっていいでしょう。それにインターナショナルスクールの出身かもだし」

麦がインターナショナルスクール説を唱えていると、郁斗が接客に戻ってきた。

「なにかお探しですか？　トルシュ・オー・マロン、超！　おすすめですよ！　ちょうど席も空いたところです」

屈託のない笑顔で、ぜひ食べてほしいという熱意全開ですすめてくる。

「そうだね、トルシュ・オー・マロン食べていきなよ、令二くん」

令二をテーブルへ押しやり、自分も座った。

「あたしもトルシュ・オー・マロンと、ミルクティーで。令二くんはコーヒーでいいよね」

「かしこまりました。ただいまご用意します！」

郁斗が元気に去ってゆく。

「ほら、接客もちゃんとしてるでしょ？　ヤンキーじゃないでしょ？」

「猫かぶってるだけじゃないのか？　って！　あいつあんなに糖花さんにくっついて、糖花さん見てあんな嬉しそうに、あー、なんかうっとりした顔してる」

ガラスの向こうの厨房で、マロンクリームを絞り出す糖花の手もとを、とろけそうな目で見ている郁斗に、令二が目を吊《つ》り上げた。

「あれは、作業工程に見惚れてるんだと思うよ」

麦の言葉は耳に入っていないようで、郁斗を睨《にら》んでいる。

郁斗がトルシュ・オー・マロンを運んできて、意欲満々で商品について語ろうとすると、令二はそれを遮り、爽やかな王子さま顔で話しかけた。

「高校を中退したって聞いたけど、学校はどこだったんだい？」

「麻布《あざぶ》ヶ丘《おか》高校です。うちの近所で、歩いて行けたんで」

都内の一等地に立つ全国でトップクラスの偏差値を誇る進学校の名前を、さらりと告げられて、きっと底辺校でヤンキーをしていたのだろうと決めつけていた令二が声をつまらせる。

麦も驚きだ。

「へ、へぇ……。家は麻布なんだ。あのへん古いアパートで家賃が手頃なところもあったりして、結構穴場だよね」

「そうなんですね！　祖父のそのまた祖父の代から建て替えたりして住んでるので、アパートのことは知りませんでした」

「……家、なにしてるの？」

「祖父は重工業メーカーをやってて、父は今は系列の銀行勤務です」

郁斗の苗字は星住だ。

「え、もしかして星住重工とか星住銀行の！」

麦の問いに、郁斗が「はい」と答える。

星住グループといったら日本を代表する大企業で、郁斗くんは、その御曹司《おんぞうし》？

令二はもはや声を失っている。

「郁斗くん、おぼっちゃまだったんだ」

「え、そんなことないよ、普通だよ」

と素の口調に戻って郁斗が屈託なく言う。

いや普通じゃないよ郁斗くんと、麦は心の中でつぶやいた。

「けど、なんで麻布ヶ丘なんて立派な高校に進学したのに、一年もしないで辞めちゃったの？」

「最初の中間テストで、学年五位だったから」

麦も令二も、へ？　という顔をしてしまう。

麻布ヶ丘で五位ならすごいんじゃ……。

「勉強とか特にしてなくて授業を聞いてるだけで五位で、こんなもんかなって気持ちと、五位って中途半端だなって気持ちがあって。なら勉強を頑張って一位を目指すかっていうと、なんだかワクワクしなくてさ……。五位でも父さんや兄さんたちが行った大学へは余裕で行けるし、そのあとはじいちゃんの会社に入って……それって楽ちんだけど、やっぱりワクワクしないなって……」

よくわからないけれど、楽に勉強ができすぎるから十六歳にして将来に希望が持てなくなってしまったのだろうか。

麦にはやっぱり理解しがたいけれど……郁斗の淋しそうな表情にズキッとした。

きっと郁斗くんには真剣な悩みだったんだね。

「うちは郁斗くんが来てくれてとても助かってるよ。長くいてね」

そう伝えると、嬉しそうな顔になった。

「うん、この店はワクワクする！　トルシュ・オー・マロン、二番目にうまいし、糖花さん綺麗で優しいし。カタリベさん面白いし、麦ちゃんもいるし」

「あはは、あたしも入れてくれてありがとう」

麦はほのぼのしてしまったけれど、令二はムッとしていた。


閉店後、語部に郁斗が通っていた高校と家族のことを話してみたら、語部はとっくに知っていた。

「履歴書を出してもらいましたし、連絡先に親御さんの名前も書いてもらいましたから」

「でもカタリベさんは履歴書を見る前から、郁斗くんの採用を決めたよね？　あれはどうして？」

回答は単純明快だった。

「糖花さんと並んだときのバランスが絶妙でしたので。彼の容姿を見た瞬間にピンと来ました」

え？　顔なの？　見た目なの？　それだけ？

確かにガラス越しに見える厨房の風景は、金髪の天使のような郁斗の加入でますます華やかになったけれど。

「郁斗くん、お姉ちゃんにすごく懐いているよね。令二くんが嫉妬《しっと》しちゃって大変だったよ。カタリベさんは平気に見えるけど、郁斗くんに嫉妬しないの？」

ちょっと意地悪して訊いてみる。

語部は眉ひとつ動かさず、やわらかな笑みを浮かべたまま涼しげに答えた。

「おっしゃる意味がわかりかねます。シェフのことは仕事相手としてこの上なく敬愛しておりますが、プライベートは別ですので」

あ、とぼけた。

糖花さんは内面も外見も理想の女性ですと言っていたのに、よくここまで堂々となかったことにできるものだと、あきれてしまう。

麦の非難の視線を悠々と受け流し、語部はおかしそうに言った。

「それに郁斗くんは、糖花さんよりも気になるかたがおられるようですよ」

◇　◇　◇

「すみません、今日はお店はお休みです」

定休日の午後。銀行で用をすませて帰ってきた糖花は、店のドアに張りつくようにして中をうかがっている金髪の男性を見て、おずおずと声をかけた。

相手が肩を跳ね上げ、振り返る。

糖花より少し年上くらいの、俳優かモデルのように華やかな顔立ちの金髪の男性だ。あまり日常的ではない布が多めのゆるゆるだらだらしたファッションもお洒落で芸能人っぽい。

あら？　このかた、どこかで見たことが……。

男性が糖花を見て、みるみる赤くなる。

そうして、いきなり糖花の手をつかんだ。

え！

◇　◇　◇

その翌日。『月と私』のシェフが美青年と手をつないでいた、カフェで親密に話していたという情報が、パートさんや常連さんたちから次々もたらされた。

「派手な服装の金髪の男性で、都会的な美青年でした！　シェフの手を握ってぐいぐい先を歩いていて、シェフは真っ赤で、相手も眉をきゅっと上げて口を引き結んだまま赤い顔をしていて。シェフは語部さんと秘密交際していると思ってました。もしかして金髪の美青年はシェフの元彼で、語部さんからシェフを奪い返しに来たんでしょうか？　それって修羅場《しゅらば》ですか？　三角関係ですか？　都会ってドラマみたいなことが日常的に起こるんですね。わたし、二人をずっと見ていて、危うく自転車をコンビニの壁に激突させそうになりました」

最近は語部から事務周りの仕事も教わっているパートの君里さんが、眼鏡の奥の目を丸くして語る。

また常連客であるＯＬの岡野《おかの》さんも、同棲中のグラフィックデザイナーの彼氏と一緒に店にやってきて、

「彼が仕事でよく使う、あまり流行《はや》ってないカフェがあるんですけど、そこへシェ

フが金髪の美青年と手をつないで現れて、話し込んでたらしいんです」

「内容まではわからなかったんっすけど、男のほうが頭を下げて、シェフはおろおろしてました」

と麦に小声で教えてくれた。

他にも目撃者多数で、糖花が厨房を離れているあいだパートさんたちがその話題で白熱しているところへ本人が戻ってきて、急にみんな沈黙し、それぞれの仕事をはじめたりして。

糖花のほうは他に気がかりなことがあるようで、周囲の微妙な空気に気づいていない様子だった。

「えっと……今日は郁斗くんは、お休み……でしたね。次に出勤するのは……ああ、明日、でしたね」

と、壁に貼ったシフト表を何度も確認し、仕事中もぼーっとしている。

思えば昨夜《ゆうべ》帰宅したときから姉の様子はおかしく、麦と語部と糖花の三人で夕食をとっているあいだもひたすら鶏鍋のアクをすくっていて語部に、

――シェフ、もうアクはじゅうぶんとりきりました。そんなにぼんやりして、なにかあったのですか？　新しいスタッフに問題がありましたら、私が速やかに対処

いたしますが。

と訊かれて、

――え？　対処？　す、すみません。なんでもありませんっ。

と、視線をそらしながら答えていた。

パートさんやお客さんから持ち込まれた〝シェフが金髪の美青年とワケアリらしい〟という情報は、当然語部の耳にも入っているだろう。

ところが今日は祝日で、朝からトルシュ・オー・マロンを求めて行列ができた。そのため語部は接客にかかりきりで、糖花と話をする時間がないようだった。内心焦《じ》れていたのか、客がいったん途切れたタイミングで糖花に近づき、

「ところで、昨日シェフがどなたかとカフェで深刻そうに話していたとうかがったのですが。一体誰とどういうお話をされていたのでしょう」

とストレートに尋ねた。

表情は涼しげだが、パートさんたちもいる中で訊いたものだから、みんな当然耳をすましました。

もちろん麦も。

糖花は体を縮め、ひどく困っている様子で、

「え、それは……わたしではなく、見間違いかと……思います」

と言って、不自然に語部から離れていった。

お客さんがまた増えてきて、語部は接客に戻らなければならず不満そうだった。

その後も隙を見ては糖花に話しかけようとしていたが、糖花は語部が近づいてくるとパートさんたちに仕事を頼んだり、

「い、忙しいですね。本当に忙しいです。ありがたいです」

と、忙しすぎて余裕がまったくないことをアピールした。

閉店間際に駆け込みのお客さんが来たりと、最後まで忙しい一日だった。表に『close』の札を下げ、店内の照明を落とし、パートさんたちも帰ったあと。

「わたし、お仕事中にたくさんお味見しておなかがいっぱいだから、お夕飯はいらないわ」

と麦に言って、店の二階にある自宅に早々に去ろうとする糖花の前に、語部が素早く立ちふさがった。

「シェフのお菓子は至上ですが、お菓子だけでおなかを満たしてはいけませんよ。ところでシェフがどこぞの誰かと手をつないでデートされていたという件ですが」

「し、してませんし、知りません」

「ではなぜ、目をそらすのです」

「それはあの……い、郁斗くんはとても頑張っていて、レシピ本を何冊も丸暗記して、お仕事が終わったあとも遅くまで自主練習していて、わたしも郁斗くんが来てくれてとても助かっていて……語部さんが郁斗くんを採用してくれてよかったと思っていて……」

「今は星住くんの話をしているのではありません」

「そ、そうですね、すみません。コンタクトレンズがずれてしまって、しししし失礼します」

　糖花は思い切り不自然に走り去ってしまった。

「カタリベさん、あたしからお姉ちゃんに訊いてみるから、ちょっと待ってて」

と麦は語部に言ってみた。

「お願いします、麦さん。シェフは私には話したくないようですから……」

にこやかに見えるが、空気がちょっとピリピリしている。

カタリベさん、納得してないな……。お姉ちゃんがカタリベさんに隠し事をしていること自体おもしろくなさそう。

　そして麦のそのヨミは、当たっていたのだった。

どうしましょう、きっと語部さんに不信感を持たれているわ。

部屋着のワンピースとカーディガンに着替え、まとめていた髪もほどいて、コンタクトレンズを眼鏡に替えて、三階の自室でようやく人心地ついた糖花だが、すぐに語部とのやりとりを思い出し、肩をがっくり落としてうなだれた。

語部さんはいつも大人で冷静だから、怒ったり責めたりしなかったけれど……にこやかに問いつめられて、頭の中が真っ白になってしまった。

糖花のことを心配してくれているのに、申し訳なさでいっぱいだ。

けど、昨日のことは、やっぱり語部さんには話しにくい。

新しいスタッフに問題があれば、私が速やかに対処しますと言っていた……。語部さんはとても優しいけれど、合理主義なところもあって決断も行動も早い。郁斗くんを辞めさせてしまうかもしれない。

「明日また語部さんに同じことを訊かれたら、上手に答えられるのかしら……」

カーテンの隙間からやわらかな光が射し込んでいる。

ベランダへ出て、糖花が心細い気持ちで月を見上げていたら――。

◇　◇　◇

向かいのマンションの窓がいきなり開いて、前髪をおろして私服のシャツを着た語部が目の前に出現した。

「！」

糖花は死ぬほどびっくりして、硬直してしまった。

よく糖花の部屋のベランダと語部の部屋の窓辺で、明日の満月はなににしましょう、良い無花果《いちじく》が入ったから無花果でなにか作りたいです、などと話していた。

それは糖花にとってとても楽しくて、甘い時間だった。

けど今は自分の迂闊《うかつ》さを叱《しか》りつけたい。

この場をどう乗り切ろうかと糖花が冷や汗をかいていると、語部のほうから口を開いた。

「糖花さんが手つなぎデートをしていたのはミュージシャンのような風体の金髪の青年と聞いています。オルロージュの桐生シェフですね？　星住くんの親戚の」

冷静な表情で問われて、糖花はさらに身をすくめた。きっと語部さんにはなにもかもお見通しなのに違いない。

「そう……です。郁斗くんのことで頼みがあると、カフェに引っ張っていかれて」

とても真剣で切羽詰まった様子だったので、つかまれた手を振りほどけなかったのだ。

糖花が彼に見覚えがあったのは、桐生時彦がテレビやインターネットで、若きスターシェフとして頻繁に顔出ししていたせいだった。それに郁斗にもどことなく似ていたから。髪を同じ色に染めていたからかもしれないけれど。

「郁斗くんを辞めさせてほしいとお願いされたんです。桐生シェフは高校を中退してしまった郁斗くんをオルロージュで雇ったことを、後悔しているようでした」

——あいつは昔から、おれのことを世界一カッコいいと信じてて、なんでもおれの真似《まね》をするから。きらきらした目で『おれもパティシエになる』って言い出して、髪を金髪にして高校も中退しちまうし。

——おれが郁斗をたぶらかしたって、親からも星住の親族からも非難轟々《ごうごう》だ。

——まぁ……大学受験蹴飛《けと》ばしてフランスのパティスリーで働きはじめたときから、親にはとっくに勘当されてるんだけどな。出来の悪いおまえはともかく優秀な郁斗くんまでパティシエなんかにさせるつもりかとか言われて、頭に血がのぼっちまって。郁斗はおれの店であずかって面倒をみる！　って大口叩いてさ。

――けど、例の騒動で大炎上して、オルロージュは実質閉店だし。もう郁斗の力にはなれない。結果的にあいつを放り出すことになっちまった。……おれ自身も、この先どうしたらいいのか全然見えないし……。

――郁斗はまだ十六歳だから、いくらでもやり直しがきく。パティシエはあきらめさせて、高校にまた通わせてやりたい。あいつはあんまり器用じゃなくて、パティシエとして特別な才能はないけど、頭だけはいいから。

――だから頼む！　三田村シェフから郁斗を解雇してやってくれ。

時彦は深々と頭を下げた。

郁斗のことを心底案じている気持ちがひしひしと伝わってきて、糖花は断れなかった。けれど郁斗がパティシエの仕事に対して真剣なこともよく知っているから、辞めさせるなんてできなくて。

ずっと頭の中でぐるぐる考えていて、昨日は一睡もできなかったのだ。

糖花が小声でぽそぽそ語るのを聞き終えて、語部は冷静な顔つきのまま言った。

「やはり星住くん絡みだったのですね。そんなことだろうと思っておりました」

そうして、おどおどする糖花を静かに見据えて、やはり冷静な声で続けた。

「状況はお察ししますが、それでも桐生シェフのように芸能人との交際がネットのネタになるような男性についていかれたのは軽率だったと思われます。シェフが派手な男性と手つなぎデートをしていたと、パートさんやお客さまが噂《うわさ》しておりましたよ。桐生シェフは有名人で、外見も派手で目立ちます。SNSに面白おかしく投稿されて、シェフまで炎上に巻き込まれたらどうするのですか。また桐生シェフに下心があり言い寄られた場合、シェフは押し切られてしまいそうで心配です」

語部があんまり冷静な顔で長々と指摘するので、糖花はつい言い返してしまった。

「そんな言いかたはないと思います。桐生シェフは少し短気だけど立派な人でリスペクトしてるって、郁斗くんが言ってました。だ、だいたい、わたしみたいに地味でつまらない人間に言い寄る人なんていません」

「なにをおっしゃいます。シェフは若くて美しくて才能があって、魅力のかたまりです」

「え……！」

語部の言葉に心臓が跳ね上がったが、

「あくまで一般論で、私の好みとは違いますが」

「そ、そう……ですよね、語部さんは……陽気でさばさばしている女性がお好きなのですものね」

わたしみたいに、じめじめした人間ではなくて……。

「はい、そのとおりです」

語部が真顔で応える。

語部さんがいつも大人で冷静なのは、きっとわたしがこれっぽっちも語部さんの好みじゃないからなんだわ……。

でも、わたしは……。


わたしは語部さんのことが……。


目がうるんで泣いてしまいそうで、糖花が部屋に戻ろうとしたとき。

なにか焦げているような臭いがただよってきた。

あら？

語部の後ろから煙が流れてくる。

やっぱり焦げ臭い！

「語部さん、煙が！」

語部もハッ！　と目を見開く。慌てて部屋に駆け戻り、少しして焦げた片手鍋を持って無念そうに現れた。

「そのお鍋は」

「ビーフシチューを煮込んでいる最中だったのを、失念していました。ちょうど火力の調節をしようとしていたときに、向かいのベランダに糖花さんの気配がしたものですから……」

シェフではなく糖花さんと口にしたことに、彼は気づいているのだろうか……。ずっと冷静に見えていて、今も無念そうではあるけれど落ち着いて見えるのに。うっかりそんなミスを犯してしまうくらい糖花のことを気にしていたと告げられたようなもので、鼓動が急速に高まった。

焦げた鍋を手に、じっと見つめられて、糖花の頬まで焦げたように熱くなってゆく。

語部がちょっとだけ眉根を寄せて情けなそうに言った。

「私は糖花さんに対して、どうしても過保護になってしまうのです。わずらわしく思われるかもしれませんが、抑えきれません」

そう自嘲《じちょう》めいた笑みを浮かべる。

いつもと違って心配そうな——臆病な目をして、低い声で——つぶやいた。

「許してくださいますか……」


なにを許してほしいと言うのか。

時彦のことで糖花を問いつめたことを？

そのあと、長々と説教めいた話をしたことを？

糖花に過保護になってしまうことを？

それとも他に……。

語部が儚げに見えて、糖花はベランダから身を乗り出し彼のほうへ右手を伸ばしていた。

なぜそんなことをしたのか。

言葉にするのがもどかしくて、心が先に前へ向かってしまうような感覚で。

語部も糖花のほうへ手を差しのべる。

あと少しでお互いの指先が触れあいそうになったとき。


「お姉ちゃん焦げ臭い！」

麦が部屋に入ってきて叫んだ。

糖花と語部が、ぱっ！　と手を引っ込める。

「わ！　カタリべさん、その鍋どうしたの？」

「シェフとの打ち合わせに夢中になって、少々焦がしすぎてしまったようです」

「全然少々じゃないよ」

そこに今度はドアをバシバシ叩く音と、郁斗の声が聞こえた。

「糖花さ――ん！　開けて！　おれだよー！　糖花さん！　糖花さ――――ん！」

いったいなにごとか？

「シェフのお名前を、あんなに連呼して」

語部が舌打ちしそうな顔で、窓の向こうに消える。

糖花も麦と一緒に、一階の店へ走った。


「糖花さーん！　糖花さーん！　糖花さ――――ん！」

涙まじりの郁斗の呼び声は、語部が後ろから郁斗の両脇に手を入れて抱え上げ、ドアから引き離すまで続いた。

糖花たちが店の内側からドアを開けると、語部に抱えられ足をぶらーんとさせた郁斗が目をうるうるさせて、捨てられた子犬のような顔で糖花を見た。

「糖花さん、おれ、クビになっちゃうの？　時兄ぃが、うちに来てそう言ってた。もう明日から出勤しなくていいって」

「え、そ、それは」

どうやら、気の弱そうな糖花では郁斗に解雇を告げられないと判断した時彦が、本人に直接告げたようだ。

その時彦が、すぐに息を切らして現れる。

郁斗を追いかけてきたのだろう。

「おい、郁斗を放せ！」

と語部の肩を押しやり、郁斗が解放されて地面に足をつけるなり今度は郁斗を叱りつけた。

「こら、郁斗、これ以上三田村シェフに迷惑をかけるんじゃない。三田村シェフは、おまえはもう店に来なくていいって言ったんだ。そうですね、シェフ！」

「え、あ、あの」

「ほら、シェフが困ってるじゃないか！　帰るぞ！」

「やだやだ。糖花さん、おれ、辞めたくない！　もう家にも帰らない！　麦ちゃんも、おれが店に来てくれてよかったって言ってくれたでしょう？」

「そんなわけないだろう！」

麦が口を開く前に、時彦が否定する。

「高校中退の未成年で経験もないおまえができる程度のことなんて、パートさんでもできる！　それにこの店は家出少年を働かせてるなんて通報されたら、店のイメージダウンだろう！」

そこへ語部が静かに割って入った。

「あなたがたが、夜分に店の前で騒ぎあっていることのほうが、よほどご近所迷惑で世間体が悪いのですがね」

おだやかな表情にただよう圧の強さに、時彦と郁斗が口をつぐむと、

「お話の続きは中でお願いします」

と、店内へうながした。


語部は二人をイートイン用の丸いテーブルに座らせ、

「私はお茶を淹れてまいります。どうぞ存分にお話しください」

と、優雅な足どりで厨房へ消えた。

時彦はむっつりしていて、郁斗はめそめそしている。

糖花と麦は、テーブルの横に立ったまま控えめに二人の様子を見守っている。

やがて郁斗がぽつりと言った。

「……おれが中間テストのあと抜け殻みたいになってて、なにをしてもワクワクしなくて、このままでいいのかな……って悩んでたとき、時兄ぃが、うちに来てトルシュ・オー・マロンを作ってくれただろ。店のスペシャリテにするんだって、おれに一番に食べさせてやるって」

郁斗の家には立派な厨房がある。家政婦さんたちが料理も担当していて、一番昔からいるまる子《こ》さんが作るおやつやデザートが時彦は大好きで、子供のころからおやつ目当てにしょっちゅう遊びに来ていたことを、あとで郁斗が糖花たちに教えてくれた。時彦が高校生になると今度は星住家の広々とした厨房で、自分でお菓子を作るようになり、それを見ているのが楽しくて、完成したお菓子を一緒に食べるのもワクワクしたと。

――最初のころは焦げたクッキーとか、つぶれたカステラとか、舌ざわりがぶつぶつのムースとかも食べたなぁ。

――でも、なんかそれも好きだった。

――おれが『美味しい』って言うと、時兄ぃはすごく嬉しそうな顔して、次はもっとスペシャルなもんを食わせてやるぞ！　って。カッコよかった。

「時兄ぃが目の前で作ってくれたトルシュ・オー・マロン。時兄ぃが手を動かすたびにどんどんパーツが組み上がっていって、最後に手をぐーんと伸ばして、すんごい上からマロンクリームを絞り出していくのが、めちゃくちゃカッケー！　って心臓が弾けそうなほどワクワクした。商品名はモンブランじゃなく〝トルシュ・オー・マロン〟だって。栗の松明って意味だって教えてくれたよね」

——見てろよ、郁斗。このデセールで、おれはてっぺんに立ってやる。

——これからは〝モンブラン〟じゃなくて〝トルシュ・オー・マロン〟って呼びかたが当たり前になるくらいヒットさせてやる。おれのデセールで世間の常識ってやつを変えるんだ。

「もうさ！　ワクワクが止まらなくて！　ストーンサークルみたいに並んだメレンゲも、その中心にマロンクリームが松明みたいに高くそびえたってるのもカッコよくて。食べたら、ラム酒と栗の香りが、ぶわぁぁぁっっ！　って来て、マロンクリームがめっちゃなめらかで、濃厚で！　メレンゲさくさくで！　マロンクリームの中にラム酒がきいた大きな栗がごろっと入っているのも、宝物みたいで！」

郁斗の声がどんどん熱を帯び、表情も松明の灯りに照らされたように明るくなってゆく。

それを見ている時彦の表情は、一瞬やわらいだかと思ったら泣きそうだったり辛そうだったりで、糖花ははらはらしていた。

郁斗がテーブルから身を乗り出して、必死の眼差しで訴える。

「あのとき、おれも、こんなにワクワクするものを作りたいって思った。パティシエになりたいって。時兄ぃのトルシュ・オー・マロンが、おれの灯火になったんだ！」

時彦は目を辛そうに細めて、苦しそうな厳しい声で言った。

「そうやって、おまえは昔からなんでもおれの真似をしてきたな。その髪も、服も、学歴をブン投げたのも、パティシエを目指したのも——全部、おれの真似だ。もうそんなことはやめろ。……おれの真似をしても、ろくなことにならない」

時彦の言葉が哀しくて、糖花はおずおずと言った。

「郁斗くん……桐生シェフは、郁斗くんを心配しているのよ。オルロージュが休業してしまって、郁斗くんの独立を助けることができなくなってしまったから……。まだ十六歳だから、せめて高校くらい行っておいたほうがいいって……」

郁斗がうるんだ目で糖花を見つめる。

「じゃあ糖花さんはどう思っているの？　時兄ぃと同じ？　おれは店を辞めて、来年また高校を受験したほうがいい？　そのほうが時兄ぃもおれの家族も安心で、糖花さんも、おれがいなくても困らないし、経験豊富な別のパティシエを雇う？」

「それは……」

お店にいてほしいと言ってあげたい。

けれど郁斗の未来を左右しかねない言葉を、簡単には言えない。


「星住くんは辞めさせませんよ」

深みのある低く響く声が、近くで聞こえた。

銀のトレイに陶器のポットとカップをのせた語部が、いつのまにか糖花の隣に立っている。

「星住くんは当店のじゅうぶんな戦力になっております。この先パティシエとしてますます成長し、なくてはならない頼もしい存在になってゆくでしょう。その証拠をお見せします」

そうして郁斗に向かってやわらかに微笑んだ。

「星住くん、桐生シェフにトルシュ・オー・マロンをお出ししてください。星住くんが自由に作ってみてください」

◇　◇　◇

この語部とかいううさんくさい男は、なにを企んでいるのだろう。

時彦はムッとした顔で語部が淹れた紅茶を飲んでいた。カップが空くと、前髪を手ぐしで後ろに撫でつけ私服のシャツの上から腰で結ぶ黒いエプロンをまいた語部が、絶妙なタイミングで次の一杯を注ぐ。

蜂蜜の香りもただよっていて、ほのかに甘い。リラックスする香りと味わいだ。

紅茶の効果で気持ちが少し落ち着いたが、のんびりリラックスはとてもできない。

ほぼ素人《しろうと》の郁斗に、デセールをまるまる一人で作らせるだなんて。

それも、トルシュ・オー・マロンだって？

おれのスペシャリテと同じものが、郁斗に作れるとでもいうのか？

そんなはずはないし郁斗には無理だ。

隣のテーブルに座っているこの店のシェフとその妹も、心配そうな顔をしている。

素顔に眼鏡をかけていても美しい三田村シェフは「わたしも手伝います」と申し

出たのだが、語部に「いいえ、シェフもこちらでお待ちください。郁斗くんが一人で全部作ったものでなければ意味がありませんので」と止められて、気がかりそうに「……はい」と従ったのだ。

ストーリーテラーと名乗る男は、販売員《ヴァンドゥール》であるらしい。若くて気が弱そうなシェフより彼のほうが風格があり、店を仕切っている様子で、シェフも言いなりのようだ。

郁斗も、こんなうさんくさい男のいる店で働かなくても……。駅から遠いし、もろに住宅地だし……おれの六本木の店より、こぢんまりしてるし……。

けれど、壁の棚に並ぶ三日月のクッキーや半月のマドレーヌ、満月のダックワーズなどの焼き菓子はどれも愛らしく、見ているだけで気持ちが優しくなる。決して広くはないイートインスペースも、客がお茶やケーキをゆったりと楽しめるよう椅子やテーブルがうまく配置されている。

郁斗はこの店で、どんなふうに過ごしていたのだろう……。

ガラスの壁の向こう側の厨房で、郁斗は時彦のためにトルシュ・オー・マロンを作っている。

袖をまくり私服の上に白いフリルのエプロンなぞつけて、最初は硬い表情だったのが、途中から口もとがほころび、目もやわらかに輝いて……。

ああ、楽しそうだな。

デセールが完成したのか、やったぁ！　というように晴れやかに笑う。

そうして、白い皿に盛りつけたトルシュ・オー・マロンを両手で大事そうに持って、厨房から出てきた。

慌てて顔をそむけ、口をへの字に曲げる時彦の前に、ことり……とひそやかな音を立てて、皿を置く。


「おまたせしました、トルシュ・オー・マロンです」


時彦は目を見張った。

予想していたものと、あまりに違ったからだ。

きっと時彦のスペシャリテを模倣した出来損ないを見せられるのだろうと思っていた。

けれど、皿の上にはメレンゲのサークルもない、中央に高々とそびえるマロンクリームの束もない。

代わりにあるのは、縦に長いつぼみのような形をしたプチガトーで、表面を幅のある平べったいマロンクリームで、閉じた花びらのように包み込んでいる。

白い皿にオレンジ色のコンフィチュールが灯火のかけらのようにぽつぽつと散らばっていて、皿の隅にマロングラッセが添えてある。

「えーと、パーツは糖花さん、じゃなくて三田村シェフの作り置きをアレンジして使いました。当日あまった分はおれが自主練で使っていいことになってるんで、それを。土台のメレンゲは二層構造にして、上の部分は軽く砕いてみました。食感が楽しいかな、と思って」

「シャンティの真ん中に杏《あんず》のジュレを入れて、火が灯ってるみたいにして。それをマロンクリームで包んで、松明っぽく先をゆるく尖らせてみました」

「杏のコンフィチュールは飛び散った火のイメージで。マロンクリームと一緒に口に入れて味変するのもおすすめです。最後はラム酒のきいたマロングラッセを丸ごと一粒頬張って、芳醇《ほうじゅん》な秋のデセールをお楽しみください」

郁斗が照れくさそうに説明する。

驚きが醒《さ》めないまま時彦はフォークをとり、平べったいマロンクリームと内側のシャンティを同時にすくった。

白いシャンティの中にオレンジ色の杏のジュレが、あたたかな灯りのように現れ、そのコントラストにハッとしながら、マロンクリームとシャンティを味わう。

上品な栗の香りが広がり、無糖のシャンティが舌でとろける。

パーツは三田村シェフの作り置きと言っていたから、このマロンクリームの優しい味わいは、三田村シェフの力だろう。

シャンティは少し固く、舌ざわりが若干もたつく。これは郁斗が泡立てたのだろう。

今度は杏のジュレも一緒にすくう。

悪くない組み合わせだ。

ジュレをもう少しとろりとさせたら、なおいい。

さらにフォークを入れると、砕いたメレンゲの層がザクッと音を立てた。砕けたメレンゲをシャンティやマロンクリームとからめて食べ進める。

ザクザクした食感が楽しい。

底に敷いた二層目のメレンゲ、これはチョコレートでコーティングしたら、もっとよくなる。

最後にラム酒のきいたマロングラッセを頬張る。

ああ……これも、三田村シェフが作ったやつだ。栗の甘さとやわらかさが素晴らしい。薄い砂糖の膜がシャリ……と鳴ってラム酒がほのかに香るのも、品があり、幸福な余韻がある。

すっかり食べ終え、複雑な気持ちで皿を見おろしている時彦に、語部が紅茶のおかわりを注ぎ、深みのあるよく響く声で語った。

「これは私が月から聞いたお話です」

「とあるパティシエ見習いの少年は、店が終わったあとも厨房に残り、それは熱心に習作に励んでおりました。一流シェフたちのレシピを片端から読み、頭の中にそっくり溜め込んで試行錯誤しながら、彼自身のレシピを探していたのです」

「その道のりは決して容易なものではありません。けれど、少年の瞳に宿る光は明るく健やかで、楽しくて幸せで仕方がないというように、研鑽《けんさん》を重ねていたのでございます」

心に染み渡るような声の響きに、時彦は先ほどガラス越しに見た郁斗の表情を思い出していた。

本当に楽しそうだった。

おれが郁斗の家の厨房でケーキを作っているときも、あんなふうに嬉しそうにおれを見ていたっけなぁ……。


「少年のひたむきさと笑顔には、周囲をなごませる力がありました。そんな少年を、月も応援せずにはいられません。そして少年が、彼のオリジナルのレシピを確立し、立派なパティシエとなることを信じているのでございます」


三田村シェフとその妹が、そっとうなずいている。

語部に、あなたはいかがですか？　というように目で微笑まれて、時彦はドキリとした。

郁斗が叫んだ。

「時兄ぃ！　おれにとって一番美味しいトルシュ・オー・マロンは、今でも時兄ぃが食べさせてくれたあの皿だよ！　おれにとってこのケーキは、モンブランでもモンテビアンコでもマロンケーキでもなく、一生トルシュ・オー・マロンなんだ！」

バカやろう、泣かせる気か。みっともないだろう。

込み上げるものを必死にこらえる時彦に、郁斗がさらに言う。

「それでねっ、いつか絶対、時兄ぃの一番美味しいトルシュ・オー・マロンを超えたスペシャルなトルシュ・オー・マロンを作るんだ！　夜空を輝かせる大きな松明みたいなトルシュ・オー・マロンをさ。それでおれも、てっぺんを目指すんだ」

郁斗は時彦の後を追いかけていただけではなかった。自分の意志でパティシエの道を選び、その頂に立とうとしている。

とっくにおれの手を離れていたんだ……。

「そしたら自分が師事したシェフの名前を商品名にするやつあるじゃん。〝ムッシュなんとか〟みたいの。おれも〝トルシュ・オー・マロン・シン時彦スペシャル〟ってつけるよ！」

「やめてくれっ！　おれの名前を特撮映画みたいな商品名にするな！　ネーミングセンス最低だな！」

恥ずかしさに感傷がいっきに吹き飛び、時彦はわめいた。

「だいたい、おまえまだ下手くそだからな！　三田村シェフのマロンクリームのおかげでまぁまぁイイ感じになってたけど、改善点だらけだからな。まぁ、砕いたメレンゲの層は良かった……かな」

「本当！　やった！」

「喜ぶな！　メレンゲも三田村シェフが作ったのを砕いただけだろ。三田村シェフのメレンゲが秀逸だったんだ！」

「うん、そうだけど、時兄ぃが褒めてくれて嬉しいや。えへへ」

「にやけてるんじゃない。それにな！　そう簡単に一番を渡してたまるか！　いいや、おれのケーキが永遠に最高で最強で一番だ！」

子供っぽくわめきながら、体がどんどん熱くなり力がみなぎるのを感じる。骨折した利き腕のリハビリも順調だ。

おれの店をハイブリッドなんちゃらスイーツ店なんぞにしてたまるか。絶対オルロージュを復活させてやる。

それは、時彦が再起を目指すことを決めた瞬間だった。

◇　◇　◇

うっとうしがる時彦に郁斗が嬉しそうにじゃれつきながら、二人で仲良く帰っていったあと。

麦は先に二階の自宅へ戻り、静かになった店内には語部と糖花の二人きりだった。

「大変な一日でしたね」

語部がやわらかな口調で言う。

「はい。でも今夜はぐっすり眠れそうです。郁斗くんがお店を辞めずにすんで本当によかったです。語部さんが、星住くんは辞めさせませんって言ってくださって嬉しかったです」

桐生シェフのことを知ったら、語部さんはトラブルになる前に郁斗くんを辞めさせてしまうんじゃないかと心配していたのに。

実際は、語部さんは郁斗くんのことを助けてくれた。

「いいえ、また差し出たことをいたしました。シェフが星住くんにいてほしそうでしたので、口が動いてしまいました」

わたしのため……？

頬をうっすら染める糖花を、大事なものを見る目で見つめ、優しい声で語部が言う。再び前髪をおろした語部は、普段のストイックな姿よりほんの少し若く情熱的に見える。

「私はシェフのストーリーテラーですから」

忘れ物をとりに来て二人のこのやりとりを目撃してしまった麦は、気を遣ってまた二階に引き返さなければならなかった。

そして翌日。

「おれ、この店に残れてすっごい嬉しい！　父さんたちも、気がすむまで好きにやってみたらいいって、認めてくれたし」

店の棚に元気に焼き菓子を並べている郁斗に、麦は言った。

「お姉ちゃんに惚れないかぎり、郁斗くんはうちのお店にいられるよ」

すると郁斗は、麦のほうを見てにっこりした。

「それなら大丈夫。おれ、糖花さんより麦ちゃんのほうが好みだから」

目を丸くしてしまう。


――郁斗くんは、糖花さんよりも気になるかたがおられるようですよ。


語部のあの言葉は、時彦のことだと思っていた。

なのに、あたし？　えーっ！

郁斗はけろっとしていて、さらに爆弾を投下してきた。

「糖花さんは女神だから時兄ぃのお嫁さんになってほしい。時兄ぃ、糖花さんのこと美人だなーとか、何歳だ？　とか、独身だよな、とかいろいろ訊いてきたし。芸能人とつきあうのは、ネットにあることないこと書かれて炎上するからこりごりだってぼやいてたからさ。糖花さんみたいな控えめでおだやかな人は、時兄ぃにぴったりだと思うんだ」

「そ、そう、かな……」

ひんやりした空気を背中を感じてそっと視線を向けると、語部がにこやかな顔で立っていて、

「やはり辞めてもらいましょうか」

とつぶやく声を聞いて、冷や汗をかいたのだった。

# 第三話

# 謎めくジョコンドに
# コーヒーのシロップが
# ひたひたにしみた、
# 伝統のガトーオペラ

*Episode 3*

「でね、時兄ぃが保証人になってくれて、アパートを借りたんだ。じいちゃんが持ってるマンションを使えばいいって言われたけど、それはちょっと違うなって気がして。こことうちの中間くらいで、築五十年の1K風呂なしで三万円！　令二くんが探せば安いアパートがあるって言ってたけど、ほんとだね。麦ちゃん、令二くんにお礼言っといて」

郁斗が『月と私』にやってきてから一ヶ月が過ぎた。

働き者で愛嬌《あいきょう》のある郁斗は、お客さんやパートさんたちに可愛がられている。とにかく人懐こくて、相手との距離をたちまち縮めてしまう。

……令二くんにお礼だなんて、すごく嫌がられそう。でも郁斗くんは令二くんのことを「いい人！」って思ってるんだろうなぁ。郁斗くんは、あたしのこと好みのタイプって言ってくれたけど、地球上の人全員大好きなんじゃ。

そんな郁斗が今一番好奇心をかきたてられているのは、常連客の『オペラさん』だった。最近足を運んでくれるようになった紳士的な身なりの、物腰がやわらかで目が優しそうな、ふわふわした白髪の男性で、年齢は七十歳くらいだろうか。

いつもイートインで、ケーキとお茶をゆっくり楽しんでいた。

ショーケースにガトーオペラがあると、とても嬉しそうな顔になり、必ず注文するのでスタッフのあいだで『オペラさん』と呼ばれている。

オペラさんは博識でケーキにも詳しく、

――ガトーオペラは二十世紀の半ばにパリのダロワイヨが広めたそうですが、こちらのお店のガトーオペラも、ダロワイヨと同じ高さ二センチの七層なのですね。モカ風味のバタークリームに、チョコレートのガナッシュ、ビスキュイジョコンド、シンプルな薄いフォルムの中に重厚な味わいが凝縮されている。ほろ苦いコーヒーのシロップもジョコンドによく浸みていて、実に美味です。ほんのりきかせたラム酒の香りもいい。

耳に心地よいゆったりした声で、そんなふうに語ったりした。

「とにかく声が素敵なの。やわらかで優しくて、耳にすーっと入ってきて、トーンは控えめなのに、すごく聞きとりやすいの」

「わかりますっ、牧原さん。わたしも売り場に品出しに行ったときに、オペラさんが語部さんと蘊蓄《うんちく》語りをしているのが聞こえてきて、厨房に戻りたくない、ずっとここで耳を傾けていたいって思いましたもん」

「あら、君里さんも？　そうよねぇ、語部さんも深みのある低音ボイスで素敵でしょ？　あの二人が話していると、どうにか売り場へ行けないかしらって、そわそわしちゃうわよね」

パートさんたちは四十代と五十代のはずだが、女子高生のようにきゃっきゃっと語り合っている。そこに十六歳の郁斗も加わり、

「オペラさんって舞台俳優かな？　それとも声優とか？　大学教授やコンサルとか講演会でマイクでしゃべる仕事も超〜似合いそう」

と推測をはじめる。

「その講演会、わたし、絶対行きます」

君里さんが断言し、他のパートさんたちも「わたしも」と続いた。

とにかく素敵な人だと、大人気のお客さまなのだった。

そんなオペラさんの新情報をキャッチした郁斗が、この日、目を輝かせて出勤した。

「昨日仕事のあと、駅前の輸入食材を扱ってるお店で、自主練のフルーツケーキに使うワインを探してたんだ。けど欲しいやつが目が飛び出そうなほど高くて」

——えーっ！　五万五千円？　ワインってそんなにするの？　おれの部屋の家賃より高いよ。じゃあロマネ・コンティでいいや。店員さん、ロマネ・コンティください。

——置いてないし、ロマネは今じゃ一本数百万もするぞ！　それに、きみは中学生じゃないのか？　未成年にお酒は売れないよ。

自宅の地下にワイン貯蔵庫があり、同居する祖父が『ワインは海外では水だ』と言ってちょくちょく味見させてくれたから、気軽に買えるものだと思っていたとあっさり口にするあたり、郁斗くんはやっぱりおぼっちゃまなんだなぁ……と麦は思った。

困り果てていた郁斗に声をかけてくれたのが、オペラさんだったという。

「オペラさん、お酒にめちゃめちゃ詳しくて、フルーツケーキに合う千円台のワインを選んでくれて、おれの代わりにレジで会計してくれたんだ。それで、そのあと途中まで一緒に帰って、いろいろ訊いちゃった」

オペラさんの名前は絢辻《あやつじ》さんで、仕事を退職したあと家を処分し、今は駅前の古いホテルで気ままな一人暮らしをしているという。

「おれがうっかり『オペラさん』って呼んじゃっても、全然気を悪くしたりしないで『素敵なあだ名ですね』って笑ってくれてさ。絢辻さん音楽のオペラも好きで、ホテルでもよく聴いてるんだって」

――わー、オペラのおすすめがあったら、教えてください！

――私の好みでよければ『愛の妙薬』はどうでしょう？　名曲も多く、楽しい喜劇ですよ。村にやってきたイカサマ薬売りのドゥルカマーラが、安いボルドーワインのラベルを貼り替えて愛の妙薬と偽り、純朴な青年ネモリーノに売りつけるんです。騙《だま》されたネモリーノはワインを飲んですっかり上機嫌で、片想い中の美しいアディーナへの恋を叶《かな》えようとするけれど……というお話です。

――おもしろそう！　ネットで探してみる。

オペラさんはおすすめの動画も教えてくれて、ネモリーノの『人知れぬ涙』のアリアは必聴だけど、ドゥルカマーラの登場シーンの『聞きなさい、田舎者たちよ』も村人たちに偽の薬を次々売りさばく大胆不敵なイカサマ師ぶりが愉快なのだと言って、興が乗ったのか少しだけ歌ってくれたらしい。

「〝買ったり、買ったり《compratela compratela》〟ってやつ。小さい声で軽くだったけど、それでもすっっっっげーうまくてカッコいいの！」

絢辻さんの歌声がどれほど素晴らしかったかを頬を紅潮させて夢中で語ったあと、郁斗は目をさらにきらきらさせて言った。

「でね、おれ、絢辻さんの正体わかっちゃった」

◇　◇　◇

イートイン席が比較的空いている午前十一時前後の到着を目指して、絢辻は今日もお気に入りのパティスリーに足を運んだ。

駅前のホテルを出て、住宅地の細い道を散歩がてらのんびり歩いてゆく。このへんはまだ緑が多い。静かで落ち着く。良い街だ。

それに、この街にはこの店がある。

丸い満月に青い文字で『月と私』と印字された表札がかかった洋菓子店のガラスのドアを開けると、バターや焦げた砂糖やリキュールの甘い香りに包まれる。

「いらっしゃいませ。ストーリーテラーのいる洋菓子店へようこそ」

深みのあるよく響く声がして、しなやかな長身を黒い燕尾服で包んだ男性がうやうやしく一礼した。

この店のストーリーテラーだ。

苗字の『語部』は本名だという。これ以上なく彼にぴったりの名だ。

「イートインをしたいのですが」

絢辻が伝えると、またうやうやしく、そして親しみのこもる口調で言う。

「はい、こちらのお席へどうぞ。本日は半月のガトーオペラのご用意もございますが、いかがいたしましょう」

思わずにっこりして「では、それを」と答えると、語部も微笑んだ。

「かしこまりました。お飲み物はこちらでご用意させていただいてよろしいでしょうか。店のものが絢辻さまにお世話になったそうで、絢辻さまがご来店されたらぜひお礼をしたいと申しておりましたので」

「それは大変恐縮です。私も未来への意欲にあふれた若いかたとおしゃべりできて、若返りましたよ」

「のちほど本人もご挨拶にうかがいますので、お席で少々お待ちください」

語部がカウンターの奥の、ガラスの壁で仕切られた厨房へ入ってゆく。

そこでは朝露《あさつゆ》をたたえた白い花のように瑞々しく美しい女性シェフが、創造的な菓子を作っている。それを手伝う金髪のパティシエ見習いの少年は無邪気な天使のようで。語部が少年に話しかけると、少年はパッと顔を上げて、テーブル席に座っている絢辻を見た。

顔を輝かせて両手を振って合図してくるのが微笑ましい。絢辻も笑顔でうなずいてみせる。

語部が銀のトレイにガトーオペラをのせて、戻ってきた。

テーブルに優雅な仕草でナプキンとナイフとフォークを並べ、半月の形をしたガトーオペラの皿を、曲線部分を手前にして置く。

「まずは、おなじみの半月のガトーオペラでございます。ほろ苦いコーヒーシロップをひたひたに浸み込ませたビスキュイジョコンドに、コクのあるモカ風味のバタークリーム、とろける甘いチョコレートのガナッシュを七層二センチで重ねることで、これらが渾然《こんぜん》一体となった重厚で華麗なお味をお楽しみいただけます。どうぞ縦にまっすぐ切りおろし、七層を一度にお召し上がりください」

深みのある甘い声で流れるように語られる口上が、何度聴いても気持ちが浮き立つ。まるでお気に入りのオペラ歌手のアリアを繰り返し鑑賞するように。

半月のガトーが曲線部分を手前にして置かれているのも、華やかなオペラの舞台を想起させる。艶を帯びたチョコレートガナッシュの上のきらめく金箔《きんぱく》は、パリのオペラ座にそびえるアポローン神像の黄金の琴を表していて、これもまたダロワイヨからの伝統だ。

二センチの薄いガトーに銀色のナイフを入れると、苦もなく下まで切りおろせる。すすめられたとおり、七層を一度に贅沢《ぜいたく》に味わう。


ああ……やはりこの店のオペラは格別だ。


チョコレートの甘み、モカ風味のバタークリームのコク、ジョコンドにひたひたと浸みたコーヒーシロップのほろ苦さ、ほのかに香るラム酒……重なり合うすべてが溶け合い響き合い、口の中にゆっくりと広がってゆく。

ほぉーっと、深いため息をつく。

「本日のオペラも素晴らしいマリアージュです。ジョコンドのしっとりした舌ざわりも実に良きです」

語部が微笑む。

「アーモンドパウダーと粉砂糖を同量に合わせてひいたタンプルタンから作るジョコンドは、あのモナ・リザのモデルになったジョコンド夫人が由来だそうですよ。モナ・リザの微笑みのように、優雅で謎めいた生地になるよう思いを込めたのかもしれませんね」

彼の口から語られるストーリーは、いつも興味深く、心に染み渡る余韻がある。

他の客に語る声に、こっそり耳を傾けるのも楽しい。

彼が商品について語ると、ショーケースに並ぶ満月のウイークエンドや半月のミルフィーユや三日月のエクレールや、壁の棚に並ぶ月の形の焼き菓子やキャンディーが、やわらかな月の光をまとう。

この店の隅々にまで、彼が語るストーリーがあふれている。

かつて自分がいた場所に似ている。

とても懐かしくて、心地よい。

そしてジョコンドに浸みたコーヒーシロップのように、少しほろ苦い。


もう、私は語れないから……。


戻れない過去の記憶にひたっていると、パティシエ見習いの金髪の少年が、輝くような表情でワイングラスに入った赤い液体を銀のトレイで運んできた。

「いらっしゃいませ、絢辻さん。昨日はワインやオペラのことを教えてもらってありがとうございます。これ、お礼です」

名前は郁斗くんと言っていた。まだ十六歳だそうだ。まぶしいほどの笑顔でワイングラスを絢辻の前に置く。

語部もおだやかに言い添える。

「ドリンクのメニューにワインとシャンパンを加えようか思案中でして、ご感想をいただければ幸いでございます」

「『愛の妙薬』で、イカサマ薬売りのドゥルカマーラが愛の妙薬だって嘘《うそ》をついてネモリーノに売りつけたボルドーワインだよ!」

つい素の言葉遣いに戻ってしまった郁斗少年が、細い体を前のめりにして言った。そうして目をきらきらさせて、

「おれ、わかっちゃったんだ。絢辻さんの職業は、ずばりオペラ歌手でしょう!」

と得意そうに言った。

思わず笑みがこぼれてしまう。

「いいえ、私はもう働いておりませんし、オペラ歌手でもありませんでしたよ」

「えーっ、昨日のドゥルカマーラのアリア、すっっごくうまくて、絶対オペラ歌手だと思ったのに」

「とんでもない。プロの歌い手さんは、あんなものではありません。私はただのオペラファンです。でも、そうですね。昔私は舞台に立っていたのですよ。主役では

なく幸せな脇役として」

郁斗がきょとんとする。

「え？　え？　どういう意味ですか？」

「さぁ」

絢辻は秘密めかしてつぶやき、ワイングラスをすっと手にとった。

まず色合いを楽しむ。

四十五度に傾けて、グラスとワインの境目を、ゆったりと目を細めて見つめる。

「夜のベールをまとったように黒みがかった深いルビー色……やや紫のニュアンスも感じられる。まだ若いワインですね」

そう言って、香りを確認するため、まず一度ワイングラスを動かさない状態で香りをかいだあと、スワリングする。時計の反対回りに二回ワイングラスを回し、そっと顔にグラスを寄せ、目を閉じる。

「カシスにブラックチェリー……熟した赤い果実の濃密な香り、チョコレートがけした苺を思わせる香りも感じられる……」

そして目を開け、グラスから一口ふくんだ。

「シルクのようになめらかな飲み心地……色は濃く、口当たりはまろやかで飲みやすいミディアム・ボディのワイン……シャトー・モン・ペラ・ルージュ――

２０２０ですね。この年は今までの年より抑えのきいた優しいワインに仕上がっているので、チョコレートとの相性も悪くない」

郁斗は初めは驚いている様子だったが、すぐに頬を紅潮させ、目をきらきらさせて絢辻の言葉に聞き入っていた。

語部が微笑む。

「正解でございます。それにさすがテイスティングが絵のようにお美しく、手慣れておいでです。絢辻さまのご職業は、ソムリエでございますね」

ストーリーテラーにはとっくにお見通しだったのだろう。いささかこそばゆい気持ちで「ええ。元、ですが」と認める。

「そっかー、ソムリエさんだからワインに詳しいんだ。でも、舞台に立ってたっていうのは？」

「ソムリエの仕事は、主役であるお客さまたちの物語を、舞台の隅から眺めるようなものだと思っていたのですよ。これまで様々な場所でソムリエとして働いてきました。星のついたレストランや、小さなビストロ、ホテルのバー……どこもオペラの舞台のようにストーリーであふれていました。それを脇役として眺めながら、ときどき魔法をかけるのです」

「魔法？」

「そう、お酒をお出しするとき、ちょっとした言葉を添えて……。すると不機嫌そうにされていたお客さまが上機嫌になられたり、緊張されていたお客さまが、ほっとなごまれたり、喧嘩《けんか》をされていたカップルが仲直りをされたり、ストーリーが少し華やぎ、きらめくのです。魔法がうまく作用するとそれはもう幸せで、お客さまのプロポーズが目の前で成功したときなど幸福の極みでした」

なかなかプロポーズの言葉を言い出せずにいた青年が、女性の指に婚約指輪をはめて……それまでツンとした態度だった女性が、嬉しさで目に涙を浮かべた。

カウンターの中からそれを見ていたときの喜びは、忘れられない。老いて職を退いた自分の宝物だ。

「イカサマ薬売りのドゥルカマーラは、安もののボルドーワインのラベルを替えて愛の妙薬として売りつけますが、結果的にネモリーノとアディーナの恋を成就させてしまいます。ドゥルカマーラの自信たっぷりの誇らかに響き渡る歌声が、ただのワインに魔法をかけたのでしょう」

「絢辻さんのドゥルカマーラの歌もカッコよかった！　もっと聞きたい！　歌うソムリエで復帰するのはどうですか？」

絢辻は謙虚に答えた。

「残念ながら今の私がドゥルカマーラを演じたら、ただのインチキ薬売りにしかなれません。舞台の上で立ち往生するばかりでしょう。ソムリエというのはなかなか激務でしてね。お客さまにワインをお出しする以外にも仕事が多岐にわたっていて、人手が足りないときは調理の飾りつけなどを手伝ったり、ホールスタッフを兼任していて、ウエイターをしたり。一日中立ちっぱなしで、深夜営業のバーなどは基本朝帰りです。若いうちは良いですが、いつからか体がついていかなくなりました……」

疲れがとれない。

それに比例して、お客さまのグラスにお酒を注いだり話しているときに、すーっと冷めてしまうことが増えた。

これまでのように舞台を楽しめない。

言葉が出ない。

何百回、何千回と繰り返してきた定番商品の説明すら頭から抜け落ちてしまい、必死に思い出しながら、どうにか取り繕って言葉を無理やり押し出して――。

「あれでは魔法はかけられません。残念なことにストーリーは私から去ってゆきました。老いには勝てなかったのでしょうね。もう七十歳のじいさんでしたから」

暗い話にはしたくなかったので、明るく続けた。

「すっきり引退して、今はこうしてのんきに余生を送っています。新しい夢もできましたし」

「え、なになに？」

郁斗が食いついてくる。

話の流れを変えようとして舵取《かじと》りを誤ったのではないかと内心苦笑しつつ、表向きはおどけた口調で、絢辻は言った。

「アディーナのような凛とした美しい女性をエスコートして、オペラハウスを巡ることですよ。いや、これがなかなかうまくいかないのですけれどね。フィットネスジムで知り合った同年代のかたなのですが、ガードが堅くて、とても手強いのです」

背筋がピンと伸びた、つれないアディーナの姿が胸に浮かぶ。

まばゆいほどの高慢さも、アディーナと同じで。

愛の妙薬は私には必要ないと言い切るアディーナの、なんとあざやかで天晴れで、残酷なことか。

「ドゥルカマーラの妙薬を断ったアディーナに、魔法はもともときかなかったのかもしれません。ましてや魔法を失った老人の自分では、アディーナに恋の魔法をかけるのは困難を極めます」

にこにこと陽気に振る舞って。

まるで喜劇だ。

いかにも今あることのように話しているが、実際はとっくに終わってしまったことなのに……。

そのとき、深みのある低い声が響いた。

「お忘れですか？　ドゥルカマーラはアディーナに魔法をかけることはできませんでしたが、愛の妙薬を飲んだネモリーノは、アディーナを見事恋に落としてみせたのですよ」

流れるような口調で語られる軽やかなストーリーが、新たなストーリーを生み出してゆく。

無数の甘い月が見守る明るい店で、ストーリーが朗らかに、華やかに、歌い踊る。

「ネモリーノのアリア『人知れぬ涙』は名曲でございますね。恋する女性が自分を想い瞳に浮かべた涙を垣間見たネモリーノの、喜びと期待ともどかしさがあふれています。そんな純朴な彼の真実の愛こそが、アディーナに魔法をかけたのではないでしょうか」

「そして、これは私が月から聞いたお話です」

語部の声が、ふいに優しくうるおう。

「あるところに、スランプに陥ったストーリーテラーがおりました。彼は、自分がそれまで語っていた輝かしいものが、実は偽物だったと知り、語れなくなってしまったのです」

語れないストーリーテラー？

それはもしかして今私の前で、心を震わせるような声で語っている彼自身のことだろうか？

彼のストーリーもまた、失われたのか？

「無気力な日々を過ごしていた彼は、ある冬の日、語るべき〝本物〟に出会いました。その瞬間体中の血が熱くたぎり、彼のストーリーテラーとしての本能が目覚めました。ストーリーもまた彼のもとへ戻ってきたのでございます」

本当にあった話なのだろうか。

語部の口調は、大事なものについて語るように優しくあたたかだ。

ならば、彼は一体どんな〝本物〟に出会ったのだろう。

「安もののワインを愛の妙薬と偽ったドゥルカマーラは、悪党ですが愛嬌があり憎めない人物で魅力的です。けれど真の魔法は、真の心に、真の愛によってのみ、もたらされるのではありませんか?」

「なので絢辻さまもドゥルカマーラではなく、ネモリーノになってみてはいかがでしょう? そうすればアディーナが目に涙を浮かべて永遠の愛を誓ってくれるかもしれません」

あの若いネモリーノに?

婚約指輪を彼女の指にはめて決死のプロポーズをする青年を、思い出していた。

嬉しさに涙ぐんでいた女性。

絢辻がカウンター越しに見ていた極上のストーリー。

語部が言葉を続ける。

「そして僭越《せんえつ》ながら断言いたします。絢辻さまのストーリーテラーとしての力は失われてはおりません。時がくれば自ら舞台に上がられることでしょう」

「なぜなら、当店の半月のガトーオペラには、心からの願いが叶う月の魔法がかかっているからです」

執事の姿をしたストーリーテラーの言葉が、月の光のように清らかにきらめきながら、耳に、心に、染みてゆく。

夢の続きを見ているようにぼーっとして、絢辻はつぶやいた。

「本当に……魔法にかけられたような気分です」

何度もそっけなくされ、望みがないとあきらめた恋だった。

なのに、高慢なアディーナの目に浮かぶ一粒の涙を見てしまったネモリーノのように、胸がざわめいている。

もしかしたら、望みはあるのではないか。

「そうですね……。つれないアディーナに、月の魔法がかかったお菓子でも贈ってみましょうかね……」

◇　◇　◇

閉店後、郁斗から語部と絢辻のやりとりを聞いた麦が、語部に近づき、

「郁斗くんに『語部さんが出会った〝本物〟って、なんだか知ってる？』って訊かれたけど、それお姉ちゃんのことでしょう？　カタリベさん、お姉ちゃんに真の愛なんだ」

と、からかうと、語部は照れも否定もせず、ただ唇の端をほんの少し上げて謎めいた笑みを浮かべた。

まるでジョコンドの由来になった、モナ・リザの笑みのような。

# 第四話

# うーんと大きくカットして香ばしくキャラメリゼした甘酸っぱい林檎が、くるりとひっくり返るタルト・タタン

*Episode 4*

もう一分以上、小毬《こまり》はショーケースに並ぶケーキを睨みつけていた。
三日月の形をした和栗とほうじ茶のムース、半月の形をしたパイシューにかぼちゃのペーストをたっぷりつめたパンプキンシュークリーム、塩キャラメルと杏の満月のケーキは、表面をブロンドチョコレートでおおっている。
どれも、おなかがきゅーっと痛くなるほど誘惑的だ。
ひとつくらいなら、食べてもいいだろうか。
ううん、ひとつの半分の、半分の、半分くらいなら……。ほんのひとかけらだけでも、きっとたまらない美味しさが口の中に広がるだろう。
ううん、
ううん、
やっぱりダメ、
一口でも食べたら、止まらなくなってしまう。あんなに努力してきたことが全部やり直しだ。
それに、このお店に来た目的はケーキを買うことじゃない。

「あれ？　その制服、うちの？」

甘酸っぱい林檎の香りと一緒に、水色のワンピースにフリルの白いエプロンを腰でまいた三田村麦が現れた。

手に林檎のホールケーキを持っている。赤茶色になるまで焼き込んだ林檎がぎゅーっとつまっていて、果肉にしっかり厚みがある卑怯《ひきょう》この上ないやつだ。

いけないと念じつつ、林檎のケーキのほうへ目が引き寄せられてしまう。

「満月のタルト・タタン、出来立てですよ？　おすすめです」

麦が溌剌とした声で言う。小毬が顔を上げると、にこにこしている。

そうだった。

三田村麦に言っておかなければならないことがあって、こんな危険物だらけの場所に足を運んだのだ。

小毬は両足を踏ん張り、キッと麦を睨んだ。

え？　という顔をする麦に向かって、最大限に険しい声で言ってやった。

「爽馬くんを餌付《えづ》けしないでっ！」

そうして、くるりと背を向けて、ダッシュで店を後にしたのだった。

あんなに林檎の匂いをぷんぷんさせて！　卑怯者！　嫌い、嫌い、嫌い！　林檎のケーキも三田村麦も消えちゃえ！

◇　◇　◇

「ああ、それは爽馬の最新ストーカーだ」

翌日。登校途中に会ったクラスメイトで幼馴染の令二に、店に来た女の子に爽馬くんを餌付けしないでと非難されたことを話すと、令二はあっさりそう言った。

「へ？　ストーカー？　牧原くんの？」

「爽馬は暗黒ホイホイだから。ああいう暗〜く思いつめて妄想を肥大させるタイプの女子に好かれやすいんだよな。これで何人目だ？　ぼくが知ってるだけで三人、いや四人だったか？　本人は全然気づいてないけど」

牧原爽馬は麦と令二のクラスメイトで、麦が現在片想い真っ最中の相手だ。

おおらかで明るくて食いしん坊で、爽馬と話していると麦は晴々した気持ちになる。裏表の激しい令二と違って単純明快なところも好感が持てる。

牧原くんが彼氏だったら毎日楽しいだろうなー、と思えるのだった。

令二とは、お互いの恋を応援する同盟を結んでいる。それは姉にゆがんだ恋心を抱く令二が、暗黒王子っぷりを全開にして暴走するのを押しとどめるためでもあったのだが。

あれから令二の恋も麦の恋も、まったく進展していない。

爽馬の母のふみよさんが店でパートとして働きはじめ、爽馬も店のお菓子の大ファンになり、麦が賞味期限が近い焼き菓子や、試作のお菓子を教室で振る舞うと、

「三田村さんのお姉さんのお菓子、やっぱり最高な！　三田村さんがクラスメイトなのは、おれにとって最大のラッキーだったよ」

と言って大喜びでぱくぱく食べてくれて、それはそれでほっこりしてしまうのだけど……。女の子に言われた〝餌付け〟だけでは、親しいクラスメイトの範疇《はんちゅう》を超えられずにいる。

なのに牧原くんに、最新ストーカーが登場しちゃうなんて！

「吉川《よしかわ》小毬っていう三組の子だよ。すっげー細くて見るからにストーカーの陰キャって感じの女子。なんでも学食で爽馬にホイホイされたらしい」

学食って……またなぜそんなところで。牧原くんらしいけど。

高校の正門を過ぎて教室へ向かう。そろそろ周りに気を配らなければならない。

なぜなら令二は、表の顔しか知らない女の子たちに大人気で、あまり親しげにしていると、その子たちに睨まれるから。

「そういえば令二くんのファンの子たちから聞こえるように『ブスじゃん』って言われたことあったなぁ。みんな見る目がないよね。あたしと令二くんなんてありえないし、令二くんに恋するなんて可哀想《かわいそう》。御愁傷《ごしゅうしょう》さまって感じだよ」

「なんだよそれ」

「吉川さんが牧原くんに恋しちゃう気持ちは、すご～くわかるけど」

「ノロケかよ。まぁ吉川にストーカーされてることに爽馬はまったく気づいてないから。今までのストーカーと同じように、しばらくすれば爽馬の鈍感力の前に力尽きて消えるだろ。って、店に来たのって、あの子だろ？」

令二が視線で示した先に、棒のように細い手足の女子生徒がいた。ちょっと痩《や》せすぎなんじゃないかと思うけれど、色白で儚げな雰囲気の和風美人さんだ。額で切りそろえたさらさらの黒髪も、手入れがゆきとどいていて美しい。

「うん、そう、あの子」

小毬は麦たちの教室の前を行ったり来たりしながら、周囲をちらちらうかがっている。麦に気づいてキュッと唇を噛んだが、その顔が今度は急に明るくなって、麦の横を、たーっと駆け抜けていった。

向こうから爽馬がのんきそうに歩いてくる。

小毬はそのまま爽馬に突進し「きゃっ」と可愛い声を上げてよろけた。それを爽馬が腕を伸ばして支える。

「ごめん！　大丈夫？」

ぶつかっていったのは小毬のほうなのに、爽馬が謝っている。

「う、うん。爽馬くんが助けてくれたから平気」

「吉川さんとおれ、よくぶつかるな〜。このあいだも生物室の角のとこでぶつかって、吉川さんの手を引っ張ったまま尻餅《しりもち》ついちゃって、吉川さん、おれの上に倒れちゃったし。おれたちぶつかりやすいのかも。気をつけなきゃなぁ、あはは」

校内で同じ二人が複数回ぶつかる可能性は限りなく0パーセントに近いだろうに、爽馬は陽気に笑っている。

小毬が小さな声で、ぼそぼそと、

「きっと、あたしたちが……引き合ってるから」

と、はにかみながら言うと、

「体に磁石でも入ってんのかな」

などと言っている。

牧原くん、いい人すぎだし、鈍すぎるよ……。

そこはホッとしたような焦れったいような、麦も複雑な気持ちである。

小毬は今度は上目遣いに爽馬を見た。

「あのね、お弁当作りすぎちゃったの……鶏の唐揚げと茶巾寿司《ちゃきんずし》……爽馬くん、また手伝ってほしいな。あたし、おなかを壊していて……あまり食べられないから」

「え？　大丈夫か？　保健室行く？」

「ううん、それはいいの。えーと、自分のお薬があるし。でも、お弁当食べないと傷《いた》んじゃうから……」

「そっか、もったいないよな。じゃあ、おれ食べるよ。唐揚げも茶巾寿司も大好物だし」

「えー知らなかった。よかったー。なら、お昼休みに学食で……待ってるね」

「おう！　またなー。あと、ちゃんと薬飲めよー」

予鈴が鳴り、爽馬はようやく小毬と別れてばたばた走ってきた。

教室の入り口に立っている令二と麦を見て、

「おはよ！　令二、三田村さん！」

からりとした笑顔で挨拶するのに、令二があきれ顔でつぶやく。

「……おまえは本当にバカだな」

「え？　なんで？　あ、令二。三組の吉川さんが弁当作りすぎて困ってんだって。

唐揚げと茶巾寿司。令二も、うちの母さんの茶巾寿司、好きだろ？　昼休みに学食で待ち合わせてるから一緒に行こうぜ。三田村さんも来る？」

「ぼくはパス。この前、吉川さんとおまえと相席したとき、藁《わら》人形に五寸釘打たれそうな、じっとりした目で睨まれたし」

「えー、気のせいだろう。三田村さんは？」

「あたしも……楓《かえで》たちと食べるから……」

そう答えたものの昼休みが来て、爽馬がうきうきと学食へ向かうと、令二をせかしてこっそりその様子を見に行った。

そこで爽馬が、小毬が差し出すお重から茶巾寿司をつかんで美味しそうにパクついているのを見てしまった。

お重は三段もあり、ひとつは茶巾寿司、ひとつは唐揚げ、残るひとつはカットフルーツのようだ。まるでお花見か運動会のお弁当だ。

おなかの弱い子が、あんなボリューム満点のお弁当を作るわけないじゃない。

なんで牧原くん、気づかないの？

そんなに口を大きく開けて、ぱくぱく食べてるの？

「だいたい、あの子、あたしに餌付けしないでって、わざわざお店まで言いに来たくせに、自分は餌付けしてる～、ずるい！　それに牧原くんのこと名前で呼んでるし。あたしはまだ『牧原くん』なのに！」

「爽馬くんだろうが爽ちゃんだろうが、爽馬は気にしないと思うぞ……」

「はっ！　最近牧原くんが昼休みに教室にいなかったのって、もしかして学食で吉川さんのお弁当を食べてたから？」

「そのとおり。爽馬はもらったもんはなんでも食うから。ぼくは女子高生の手作り弁当なんて、薄気味悪くて食べる気にならないけどね」

令二がシラけた口調で言う。

麦のほうは、小毬が爽馬にピックに刺した可愛いうさぎ林檎を差し出し、爽馬がそれを笑顔で受け取っているのを見て、もやもやしていた。

……牧原くん、吉川さんにもそんな顔しちゃうんだ。


次の日も、その次の日も、小毬の爽馬へのアタックは続いた。

文字通り爽馬の行き先に待ち伏せて、わざとぶつかりにいく。爽馬もおかしいと気づいても良さそうなものなのに、気づかないところが爽馬であり、

「本当に吉川さんとはよく会うし、よくぶつかるな～」

などと言っている。

それだけではない！

今日など、か弱げに転んでみせた小毬が足を押さえて「痛い」と言うなり、「大変だ！」と爽馬が小毬をおんぶして保健室へ運んだのだ。

お姫さまダッコじゃないだけマシだったが、おんぶもうらやましくて、麦は胸がジクジクした。

小毬が爽馬の背中に嬉しそうに頬を押しつけていたのも許せないと思ってしまう。本当に骨折して入院して、学校に来なくなればよかったのにと。

「このままじゃ、あたしも暗黒に落ちちゃうよ〜」

家の近所の公園で令二に不安をぶちまけたら、

「落ちればいいじゃん」

と簡単に言われた。

「爽馬に『あの子に優しくしないで。あたしも爽馬くんが好き』って、わめきちらしてみろよ。そのくらいしないと爽馬には伝わらないぞ」

「うぅ……そうかもしれないけど、好きな人の前では可愛い女の子でいたいんだよ〜、お姉ちゃんをネチネチいじめまくっていた令二くんとは違うんだよ〜。それに令二くん、お姉ちゃんに避けられちゃってるし」

令二が目をカッと見開いて、憤慨する。

「おまえ、ぼくのことディスってんのか？　性格悪くなったんじゃないか？　すでに暗黒化してんのか？　そ、それに……今は糖花さんにちゃんと優しく接するように……してるし。糖花さんも、ぼくが糖花さんのお菓子を美味しいって褒めると、ほんのり笑ってくれるようになったし……」

令二の声が自信なげに小さくなってゆく。

さすがに申し訳なくなって、

「ごめんね、令二くん。牧原くんのことでもやもやして令二くんにあたっちゃったんだ。お姉ちゃんは令二くんのこと、前ほど避けてないよ」

と言うと、弱気な顔を見られたくないのか、ぷいっと横を向いた。

そうして、ぶっきらぼうに、

「吉川小毬に嫉妬して嫌な女になりたくないんなら、見ないようにすればいいさ。そのうち爽馬の歴代ストーカーと同じで、あきらめていなくなるから」

と、アドバイスしてくれた。

「ありがとう。令二くんはやっぱりちょっと優しくなったね」

そう言ったら、耳を赤くして背中を向けてしまった。

令二くんの言うとおり、牧原くんと吉川さんが二人でいるのをわざわざ見に行くから、嫌な気持ちになっちゃうんだよね。

これじゃ、あたしもストーカーだよ。

明日からは吉川さんのことは視界に入れないようにしよう。

そう決めた麦だったが、自宅の前まで来たら一階にある店の前で、手足が細すぎるほど細いさらさらの黒髪の女の子が、うろうろしていた。

店の中をのぞき込んでは、うろうろ、またのぞいては、うろうろ――。

前回のように麦を牽制《けんせい》しに来たのかと身構えたら、おなかを押さえてずるずるしゃがみ込んでしまった。

「吉川さん、どうしたの？　おなか痛いの？」

びっくりして駆け寄ると、小毬が麦の手を振り払い立ち上がった。

「ちょっと……休憩、してただけ。それより爽馬くんを誘惑しないでくれる？　爽馬くんは、あたしの彼氏なんだから」

「え！　彼氏？　つきあってるの？　いつから？」

「十日前に、学食で運命的に出会ってからよ」

小毬が自信たっぷりに言う。

いや、学食で牧原くんを見初《みそ》めたとは聞いているけど、つきあってるなんて牧原くんも令二くんも言ってないし。

「学食であたしが、注文した限定メンチカツ定食をおなかが痛くなって一口も食べられなくて困ってたとき、爽馬くんが『あ、限定メンチカツ定食だ、それ競争率高くてすぐ売り切れるんだよな。いいなぁ』って話しかけてくれて、あたしが、胃の調子が悪いから食べてって言ったら、『えっ、いいの？　じゃあ、おれのきつねうどんと交換しよう、うどんなら胃に優しいし』って――」

そのときの爽馬の幸せそうな食べっぷりに、小毬は心を奪われてしまったらしい。

――あー、うまかった！　あれ？　うどん全然食べてないじゃん。うどん嫌いだった？　ごめん！

――ううん……嫌いじゃないけど……食事制限を、していて……。太りたく……ないの。

すると爽馬は目を丸くして、そのあと、涼しい風が吹き抜けるような爽やかな笑顔で言ったという。

――全然太ってないよ！　めちゃめちゃ痩せてるし！

「爽馬くん、うどんも、ものすごく美味しそうに全部食べてくれて。本当に嬉しそうに食べてくれて、あっというまに器を空っぽにしてくれて――『ありがとう！』って顔中で笑ってくれて――。あたしが、明日も学食で会える？　って訊いたら、『うん、明日、あらためてなんかオゴらせて。もらいっぱなしじゃ悪いから』って言ってくれたの。『あたしが、また……食べられなかったら、助けてくれる？』って訊いたときも……」

――うんっ！　いつでも、いくらでも食うよ！

「いつでも、いくらでもなんて、それってもう、つきあってるってことよね」

待って。なんでいきなりそうなるの？

麦は啞然としたが、小毬は嬉しそうにはにかんでいる。

「……爽馬くんが、あたしの代わりにメンチカツ定食ときつねうどんを美味しそうに食べてくれたのも、あたしのこと、いつでも助けてくれるって言ったのも、『太ってないよ』って言ってくれたのも、全部嬉しかった。中学のとき、あたし……太ってて、よく男子に『まんまる子豚』ってからかわれてたから……高校生になって頑張って食事制限してよかった。痩せたおかげで、爽馬くんみたいな素敵な彼氏もできたし」

折れそうに細くて童顔の小毬が嬉しそうにつぶやいていると、子供のようなあどけなさがただよい――ちょっとしんみりしてしまう。

スタイルを気にして食べられない小毬は、幸せそうにぱくぱく食べる爽馬が本当に素敵に見えたのだろうなとわかってしまって……。

「だ、だから、林檎の話とか爽馬くんにしないでっ！」

「それって『秋の新作のタルト・タタンいいよ～、今一番おすすめだよ』って休み時間に教室で話してた、あれのこと？」

――やっべ～、うまそう！　絶対食べたい！　お姉さんの店行かなきゃ。

確かに爽馬は、タルト・タタンに興味津々だったけれど。

「林檎のケーキで爽馬くんを自宅に誘い込もうとしてるんでしょう！　それで、おなかがはち切れるまで食べさせて、爽馬くんがおなかいっぱいで眠っちゃったら、寝顔の写真を撮ったり、き――キスとか、しちゃうつもりでしょう」

「そんなことしないよー！」

そういう発想に至る小毬のほうが、危ない。

「嘘よ、この前もあたしに、ものすごく美味しそうな誘惑のかたまりみたいなつやつやの林檎のケーキを見せつけたでしょう」

小毬が店を訪れて『餌付けしないで』と言ったときのことだろうか。麦は手にタルト・タタンのホールを持っていた。

「出来立てですよ、なんて余裕の笑みを浮かべちゃって」

だってお客さんだと思ったし、笑顔は接客の基本だし……。

「とにかく、爽馬くんの彼女はあたしなんだから、これ以上林檎のケーキで誘惑しないで」

そう言って、スマホの画面を麦のほうへ向けた。

そこに爽馬の写真がびっしり表示されているのを見て、ぎょっとする。

高校の制服に、体操服に、部活中の野球部のユニフォーム、着替え中と思われる写真もあり、どれも視線がカメラのほうを向いていない。

隠し撮り？　これ全部!?

「彼女じゃなきゃ、爽馬くんのこんなリラックスした自然体の写真は撮れないわ」

小毬はあごをツンとそらして、そう自慢して帰っていった。

やっぱりストーカーだよ〜！

その夜、三階の自分の部屋で宿題をしながら、あの小毬を気にしないようにするのはとても無理だし爽馬の身も心配で悩んでいたら、令二からスマホにメッセージが送られてきた。

『日曜、空いてるか？』

『いちお空いてるけど。なに？』

『じゃ、爽馬に言っとく』

謎のメッセージがあった翌日。

休み時間に、爽馬が麦に話しかけてきた。

「三田村さん、太極拳に興味あるんだって？」

「へ？　たいきょく……けん？」

公園で元気なお年寄りがポーズを決めて踊っている光景が、頭に浮かぶ。

もちろん太極拳に興味を抱いたことなどない。

だけど爽馬は笑顔全開で。

「令二から、三田村さんが太極拳にどハマり中って聞いてさ。おれの父方のじいちゃんが太極拳のサークル入ってて、日曜日に代々木《よよぎ》の体育館で発表会があるんだ。全国の支部が一堂に会して盛大にやるらしいから、三田村さん、一緒に見に行かない？」

そんなふうに誘われて、麦は即座に返答したのだった。

「うん、行く！　太極拳大好き！」

◇

◇

◇

当日は雲一つない冬晴れだった。

「お姉ちゃん、この服、おかしくない？」

さんざん考えてコーディネートした、普段のカジュアル路線よりちょっと甘めのスカートとニット、ストールに身を包んで尋ねる。

「まぁ、素敵よ、麦」

「ありがとう！　あと、タルト・タタンも、ありがとね。つやつやで林檎のいい匂いがして、まさに誘惑のかたまりって感じ。牧原くん絶対大喜びだよ」

太極拳の発表会は、午前中から午後までお昼休憩を挟んで行われるという。

――母さんが、いっぱい弁当作ってくれるって。

――ふみよさん、スーパー主婦だもんね。楽しみ。じゃあ、あたしはおやつにお姉ちゃんのお店から、なにか持ってくよ。リクエストある？

――タルト・タタン！

目を輝かせる爽馬に、うん、うん、お姉ちゃんに、おっきいやつを焼いてもらうね、と約束したのだ。

爽馬は、やったー！　と大喜びしていた。

保冷バッグに、姉から受け取ったホールのタルト・タタンを丸ごと入れて、

「行ってきます！」

と明るく店を出ようとしたら、開店の準備をしていた郁斗が、

「えっ、麦ちゃんデートなの？　いいなー、おれもついてっちゃダメ？　三人でデートしよう！」

などと言い出したが、語部に、星住くんは今日はお仕事があるでしょう、とやわらかな口調でたしなめられて、

「そうだった。日曜は、お客さんいっぱい来るし。デートはまた今度ね！」

と、ぱたぱたと仕事に戻っていった。

語部が優しく目を細めて、麦を見る。

「その満月のタルト・タタンは、シェフが麦さんのために作った特別製ですから、月の魔法も二倍増しで注いでおいででしょう。最近はお店がますます忙しくなって、休日も麦さんに頼ることが多く、シェフも私も申し訳なく思っておりました。今日はご自分の時間をゆっくり楽しんできてください」

そんな嬉しい言葉をもらった。


地元の駅で爽馬と待ち合わせ、そこから電車で代々木の体育館へ向かう。

休日で電車は空いていて、シートに並んで座ることができた。麦が膝にのせた大きな保冷バッグを見て、爽馬は、

「あ、タルト・タタン」

と目を輝かせた。

「ホールで持ってきたから、お昼に切って食べようね」

「なんか三田村さん、林檎の匂いがする」

「え、そう？」

「うん、すげーいい匂い。早くお昼にならないかな」

爽馬の言葉に頬が熱くなってしまう。もしかしたら顔も林檎色に染まっているかもしれない。

「もぉ、お菓子を食べに行くんじゃなくて、おじいさんの太極拳の発表会を見に行くのがメインでしょう」

「あ、そうだった。今回のは四年に一度の大がかりなやつだって、じいちゃん張り切ってたもんな」

「じゃあ、しっかり見てあげなきゃだね」

「うん。しっかり応援して、しっかり弁当とタルト・タタンも食べる」

「あはは、牧原くんらしいなぁ」

ちょっといい雰囲気で、本当にデートみたいだと、麦はドキドキしてしまった。

令二くんにお礼しなきゃ。

お姉ちゃんのお気に入りの美術館を教えてあげよう。

体育館に到着すると、建物の外のスペースに太極拳の中華服を着た人たちがひしめいていた。

高齢者が多いけれど、若い女性や、小学校低学年くらいの子供たちもいる。おそろいの中華服を着てお行儀よく整列しているのが可愛い。

会場の大ホールへ移動する。

ホールをぐるりと取り巻く観客席に人はまばらで、好きな席に座ることができた。そこから演武を一望できる。

太極拳はお年寄りが健康のために行うイメージだったが、数十人の演者が音楽に合わせて一斉に舞う光景は見応えがあり、空気の中をゆったりと泳ぐようなゆるやかな動きも素敵だった。

プロのダンサーのように全員の動きがぴったりそろっているわけではなく、上手な人もいれば、周りとテンポが思いきりズレているおじいちゃんや、動きを間違えて、あわあわしている小さな子もいたりする。それが逆に楽しくて、

「あ、あの子、反対方向に回っちゃった」

「よしっ、立て直したぞ、えらいぞ」

「うわぁ、あの先頭の女の人、動きがめちゃくちゃ綺麗。スタイルもいいねぇ」

「あれはきっと師範だな」

などと爽馬との会話もはずむ。

「扇を持って踊るの華やかだね」

「次の剣舞もカッコいいぞ。じいちゃんが踊るやつ」

「え、牧原くんのおじいさん、どこ？　どの人？」

「あそこで出番を待ってる集団の、あの頭がちょっと薄くなりかけの」

次の演目がはじまると、爽馬が「前から四列目の右から三番目がじいちゃんだよ」と教えてくれた。

引きしまった細い体で、紙で作った半月刀をぶんぶん振り回していて、テンポが周りよりちょっとだけ速い。

「元気いっぱいだねぇ」

「ああ、七十四歳でラーメンの大盛りトッピング全部のせ頼んで、けろっと完食するくらい元気満々」

爽馬がスマホで動画を撮りながら言う。帰ったら家族に見せて、じいちゃんにも送るのだと。

そのおじいさんが、演武を終えたあと観客席まで挨拶に来た。

後ろから爽馬の頭をむぎゅっと抱きかかえて、びっくりする爽馬を見て、からから笑う。

「なんだ爽ちゃん、彼女を連れてきてくれたのか」

「ええっ、三田村さんはクラスメイトだよ。太極拳に興味があるって言うから誘ったんだ」

〝彼女〟は、あっさり否定されてしまったけど、爽馬が照れている姿を見せてくれたので、麦はじゅうぶん嬉しかった。

「じいちゃん、午後からも出番あるんだろう？　昼めし、母さんがいっぱい作ってくれたけど一緒に食える？」

「いや、昼はサークルのみんなと食べるよ。北海道に引っ越したサークル仲間とも話したいし。デートの邪魔をしちゃ悪いからな」

「デートじゃないって」

爽馬の祖父は、麦に「気の利かない孫だが、仲良くしてやってくださいね、三田村さん」と言って、爽馬が取り分けたふみよさんのお弁当を持って戻っていった。

「じいちゃんが勘違いしちゃってごめん」

また爽馬が照れくさそうな顔をする。

それは麦を意識してくれているからで、やっぱりすごく嬉しくて、足が宙に浮きそうだ。

「ううん、あたしもお店を出るとき郁斗くんに『麦ちゃんデートなの？』って訊かれちゃったし」

「まいるよなー」

「そ、そうだね、あはは……」

笑って手を振りながら、『まいるよなー』の恥ずかしそうな表情もイイと小さな幸せを噛みしめる。

これも令二くんのおかげだね。令二くんにお姉ちゃんのお休みの日も教えてあげよう。

◇　◇　◇

その令二は、麦たちと同じ大ホールにいた。

麦と爽馬の二人からやや離れた席に身をひそめ、じっとりした視線を送っている小毬を見つけ、声をかけた。

「やっぱり来てたか」

小毬が華奢《きゃしゃ》な肩を跳ね上げ振り向く。令二を見て青くなったり赤くなったりしていたが、すぐに強気な表情で言った。

「彼氏が他の女の子と二人で出かけたら……気になって跡をつけるのは当然でしょう。浅見《あさみ》くんこそなにしに来たの？」

そうだな、なにをやってんだろうな、ぼくは、と令二は苦笑した。

きっと小毬は体育館に現れるだろうと予感していたから、麦たちの邪魔をしないよう見張りに来たなんて、死んでも口にしたくない。そんなのまったくぼくらしくない。

なので、

「ただの暇つぶし」

と言って、小毬の隣に座った。

「そもそも爽馬は吉川さんの彼氏じゃないだろ。ぼくは爽馬からそんなこと一言も聞いてないよ」

学校では気配りも完璧な優しい浅見くんで通しているのに、女の子に意地悪なことを言っている。

こんなのぼくが恨まれるだけで、なんの得にもならないのに。

「そ、爽馬くんは……浅見くんには恥ずかしがって話してないだけ……よ。あたしが爽馬くんの彼女だから、爽馬くんはあたしをいつも助けてくれるし、優しくしてくれるんだから」

「違うね。爽馬は誰にでも親切だし、常にあんな感じだよ。お気楽でなぁーんも考えてないからな」

令二は、これをしたら損だとか得だとかいちいち計算してしまうけど、爽馬にはそういう損得勘定は一切ない。

だから、心に闇《やみ》を抱えた女子を惹きつける。

爽馬の中に薄暗いものはなにもなく、どこまでも明るく健やかだから。この人はどんなに汚い面を見せても、決して自分を嫌いにならないし見捨てないと思える。

まぁ、それが厄介の素でもあるんだけど……。

◇　◇　◇

え？　令二くんがいる！　隣ですっごい顔で令二くんを睨んでるのは吉川さん？

麦が二人に気づいたのは、待ちに待ったお昼の休憩がきて、爽馬が意気揚々と弁当の包みを広げはじめたときだった。

席は離れているけれど、会場にいるのはほとんどが出演者で、観客も基本的に身内ばかりのため、空席が目立つ。

なので、ちょっと周りを見回しただけで、令二と小毬の姿は麦の視界に飛び込んできて、目をむいてしまった。

なんで令二くんが？　わ！　吉川さんが、こっち見てる。

令二はともかく小毬は邪魔しに来たのだろうか？　爽馬はお弁当に夢中で気づいていない。

麦の中に小毬への対抗心が、むらむらわいてきた。

前に、学食で小毬が爽馬にべたべたしているのを、さんざん見せつけられた。

今度は麦が小毬に、見せつける番だ。

弁当をのぞき込むふりをして、爽馬のほうへさりげなく身を乗り出す。爽馬の胸と麦の頬がくっつきそうな距離だ。

「うわぁ、美味しそう。やっぱりふみよさん、お料理上手だねぇ。彩りも綺麗～」

「唐揚げは海苔《のり》塩味と醬油《しょうゆ》味と、ちょっとピリッとしたやつの三種類作ってもらったんだ。三田村さん、辛いの平気？」

「うん、エビチリとか大好き」

「だったら、このピリッとしたやつ、おすすめ」

「オーロラソースもあるんだね～、すごーい」

顔を傾けて下から爽馬ににこにこ笑いかけたり、割り箸《ばし》を受け取るときわざと手にさわってみたり。まるでデート中のカップルみたいに振る舞う。

爽馬は普段と変わらないが、麦は心臓がぎゅうぎゅうしめつけられているみたいだった。

あたしだって牧原くんのことが好きなんだから、これは吉川さんへの宣戦布告だよ。

そう自分に言い聞かせるが、爽馬にこんなに接近して手がふれあったりしているのに、ドキドキするどころか苦しい。

小毬のほうをチラリとうかがうと、泣きそうな顔をしていて……。

それを見て、胸がさらにズキン！　としてしまった。

学食で小毬と爽馬が仲良さそうにしているのを、こっそり見ていたとき、きっと自分もあんな顔をしていたんじゃないか。

なのに同じことをやり返すなんて、みっともない、恥ずかしい。

耳がじわじわ熱くなり、いたたまれなくなって。

そのとき爽馬が、

「あれぇ！　令二！」

と明るく声を張り上げた。

席を立ち、二人のほうへ歩いてゆく。

「なんだ、来てたんだ。おれが誘ったときはアマチュアの太極拳なんて興味ないって断ったのに。吉川さんと一緒に来たのか？」

令二は、たまたまここで会っただけだと答えたようだ。小毬はまだしゅんとしていて、爽馬をおずおずと見上げている。

やがて爽馬が、令二と小毬を連れて戻ってきた。

「昼めし、みんなで一緒に食べよう」

「う、うん……」

令二が麦に肩をすくめてみせる。

小毬は麦から視線をそらして、うつむいている。

どう見ても、みんなで楽しくお弁当を食べる雰囲気ではない。

観客席に、麦、爽馬、小毬、令二の順に横並びに座り、膝の上に置いた容器から、めいめい好きなものをとってゆく。

牧原家のスペシャリテだという三種の唐揚げは、どれも味が浸みていて美味しかったが、麦は胸につかえるようだった。

小毬がしゅんとしたまま、お弁当にまったく手をつけないのが気になる。

あたしが、牧原くんにべたべたして吉川さんに見せつけたから？　それで、こんなに気弱そうな顔になっちゃったの？

小毬にはさんざんもやもやさせられたのに、おあいこだと思えない。胸がひりひりして、居心地が悪い。

爽馬が茶巾寿司の器を小毬のほうへ差し出した。

「母さんの茶巾寿司世界一だから！　吉川さんも食べてよ」

どこまでも明るい、からりとした笑顔を向けて――。

小毬が悲しそうに眉を下げるのを、麦は見てしまった。

爽馬が茶巾寿司と唐揚げが好物だとリサーチ済みだったから、小毬は爽馬のために面倒くさい唐揚げや茶巾寿司を一生懸命作ったのだろう。

爽馬が美味しそうに食べてくれて、本当に嬉しかったに違いない。

なのに、こんなに明るい顔で、母親が作った茶巾寿司が世界一だと差し出されたら、ショックだろう。

牧原くん、それはよくないよ。

女の子の気持ちを、全然わかってないよ。

小毬は茶巾寿司を手にとったものの口をつけられずにいて、片手でおなかを押さえて、儚げな声で爽馬に尋ねた。

「……爽馬くん、学食で初めて会ったときのこと、覚えてる？　あたしがメンチカツ定食を食べられなくて困ってたら、爽馬くんが食べてくれて……」

「うん、結局きつねうどんもおれが食べたんだっけな」

「あのとき、爽馬くんが、あたしの代わりに、いつでも、いくらでも食べてくれるって言ってくれて、王子さまみたいって思った……。あたしのことも、全然太ってないって言ってくれて……。今も……そう、思う？　あたし……太ってない？」

小毬の瞳は不安そうにうるんでいる。

どうか、あのときと同じように晴れ渡る笑顔で答えてほしい。あたしは太ってないと。めちゃめちゃ痩せている、そんなあたしを、いつでも、いくらでも助けてくれると。

そんな願いがこもっていることが、爽馬をへだてた反対側にいる麦にも伝わってきて。

……牧原くんが、あたしの前で吉川さんを褒めたり優しくしたりするのは、本当は嫌っ。

ものすごく嫉妬しちゃう。

でも、吉川さんはこんなに不安そうで、牧村くんの言葉が吉川さんには、今、必要なんだ。

爽馬が笑った。

一点の曇りもなく、明るく晴れやかに。

「うんっ！　太ってない、めっちゃ痩せてる！」

小毬の表情に光がさす。

あー、これでまた吉川さんが牧原くんに惚れ直して、あたしが爽馬くんの彼女よ

~って自信つけちゃうなぁ。

麦が複雑な気持ちになったとき。

爽馬がとびきりの笑顔のまま、さらに口を開いた。

「おれ、吉川さんのこと最初に見たとき、耳かき棒みたいに細っせぇぇぇって思ったもん」

「み、耳……かき?」

小毬の顔が、すっとこわばる。

「じいちゃんが草津《くさつ》の温泉に行ったときの旅行土産《みやげ》で、先っぽに人形の顔がついてるんだ。黒髪で前髪ぱっつんで、吉川さんにそっくりでさ~。あ~耳かき棒にそっくりの子がいるーって」

爽馬に決して悪気はないのだ。

それは麦にもよーくわかっている。

裏表のない爽馬が、麦は好きだ。

けれど、小毬が青ざめているのに、爽馬はさらに小毬の胸を抉るトドメの一言を放った。

罪のない爽やかな笑顔で。

「吉川さん、痩せすぎだから、もっと太ったほうが健康的でいいと思うぞ。てかおれが王子さまって笑える。メンチカツ定食ときつねうどん完食したくらいで大袈裟《おおげさ》だよ、吉川さん」

小毬は泣きそうだ。

麦は我慢できず、膝にのせていた容器を爽馬の容器の上に無造作に置いて立ち上がった。

「牧原くん、デリカシーなさすぎだよっ！　女の子に向かって耳かき棒に似てるとか言う？　しかも人形付きの耳かき棒だなんて例えが最悪！　牧原くんにはそのつもりはなくても傷つくよっ！　牧原くんのおおらかなところはいいと思うよ！　素敵だよ！　けど、たまにおおらか通り越して無神経だからっ！　少しは言葉を選びなよっっっ！」

爽馬は顔を上に向けたまま、あんぐり口を開けている。

小毬も同じような顔で麦を見ていて、後ろで令二が「……それ今、言うかな」と、あきれている声が聞こえた。

麦も、やらかしてしまったと思ったが、勢いが止まらず、保冷バッグをつかんで、

「あたし帰る」

と言って走り去った。

恥ずかしくて、とてもこの場にはいられなかったのだ。

「あー、タルト・タタン」

爽馬が悲しげにつぶやく声が聞こえた。


やっちゃった。

牧原くんを怒鳴りつけちゃったよ。

牧原くんの前では、いつもにこにこしている可愛い女の子でいるはずだったのに。

感情をむきだしにして、責めたり怒ったりしたくなかったのに。


小毬への配慮のない言葉を聞いて、頭に血がのぼってしまった。

令二から、小毬も歴代ストーカーと同じように爽馬の鈍感力に負けてフェードアウトするから放っておけと、忠告されていたのに。

爽馬が好きだからこそ、黙っていられなかった。

でも、爽馬は唖然としていた。

爽馬にしてみたら、麦が突然怒り出したように見えたかもしれない。

せっかくお姉ちゃんが作ってくれたタルト・タタンを、牧原くんに食べてもらえなかった。

牧原くん、タルト・タタンをあんなに楽しみにしてたのに。

あたしが意地悪して、タルト・タタンを持って帰ったと思われたかも。

タルト・タタンは置いてくればよかった。

ううん、どのみちもうダメだ。

いくら牧原くんの心が広くても、いきなり自分のこと怒鳴りつけるような女の子を、好きにならないよ〜！

◇　◇　◇

まっすぐ自宅に戻ったものの、三階の自分の部屋に一人でいると爽馬にしでかしてしまったことを思い出して、わーっ、と叫びたくなってしまう。

お店を手伝ったら気がまぎれるかもしれない。日曜日で、人手はいくらあってもいいだろうから。

タルト・タタンはリビングの冷蔵庫にしまうと姉に見られて心配されてしまうので、迷った末に自室の学習机の上に置いた。

冬だから暖房をつけなければ一日くらい大丈夫だろう。

今夜と明日の朝にかけて食べよう。あまったらお昼ごはんに学校へ持っていこう。

制服の水色のワンピースに着替えて、腰にフリルのエプロンを結んで一階の店へ行ってみた。

午後の陽射しがガラスのドア越しに明るく照らす店内は、たくさんのお客さんでにぎわっている。

みんな楽しそうにケーキや焼き菓子を選んでいる。

「おや、麦さん。もうお帰りになられたのですか」

語部に声をかけられて、なるべく明るい口調で答えた。

「うん。忙しそうだから手伝うよ」

「牧原くんとトラブルでもありましたか？」

やっぱりカタリベさんに隠し事はできないなぁ……。

「えへへ、ちょっと失敗しちゃった」

致命的な大失敗だとは言えないけれど。

「失敗ですか。そうでもないようですよ」

語部がゆったりと微笑んで、ドアのほうへ視線を向ける。

麦の目に、息を切らしながら走ってくる爽馬の姿が映り、それがどんどん大きくなって、ガラスのドアが勢いよく開いて、爽馬が飛び込んできた。

「いらっしゃいませ。ストーリーテラーのいる洋菓子店へようこそ」

語部が優雅に一礼し、

「本日はどのようなものをお探しでしょう？」

と尋ねると、爽馬はぜいぜい、はぁはぁと息を切らしながら、麦を食い入るように見つめ、答えた。

「み、三田村さん……っ！」

語部がすまして言う。

「ご指名ですよ、麦さん。ただいまイートインのお席はすべて埋まっておりますので、麦さんのお部屋へご案内してさしあげてはいかがでしょう」

麦はまだ頭の中が混乱している。

牧原くんが、なんでお店に？　あたしに会いに来てくれたの？　なんで？　あたしに文句を言い返しにきた？　ううん、牧原くんはそんなことしないし。

じゃあどうして？

爽馬は怒っている様子ではなく、ただ、いつもより必死な感じがした。

語部に言われるまま、爽馬を店の三階にある麦の部屋へ案内する。

ソファーはないのでベッドに座ってもらい、麦は学習机の椅子に膝をそろえて肩をすぼめぎみにして緊張して腰かけた。

牧原くんがあたしのベッドに座ってる。

牧原くんをあたしの部屋に連れ込んじゃったよ……。


爽馬に対して大失態を演じてしまい、ドキドキしている場合ではないのに、やっぱり好きな男の子が自分の部屋にいて二人きりだなんて、胸が高鳴ってしまう。

さっきは言いすぎてごめんね……と、麦がもじもじしながら謝ろうとしたとき、爽馬のほうが先に、ばっと頭を下げた。

「三田村さん、ごめん！　吉川さんのことはおれが無神経すぎた。吉川さんには謝ったけど、三田村さんにもちゃんと謝りたくて、じいちゃんの出番が終わったあと走ってきたんだ」

「え！　代々木から？」

「いや、駅まで電車で行って、全力疾走したのはそこから」

それでも駅から店まで普通に歩いて二十分くらいかかる。野球部で鍛えている爽馬があんなに息を切らしていたのは、よほど無茶な走りかたをしたからなのだろう。

「三田村さんの言うとおり、おれ……デリカシーないみたいで、『こんな人だと思わなかった～！』って、知らない女子に数学の教科書ぶつけられたこととかあって、それがおれがなくした教科書で『あ、見つけてくれたんだ』って言ったら、今度はおれがなくした英語の教科書をぶつけられたりして……」

えーと、それって牧原くんのストーカー？

「昔から、よくわからないうちに恨まれたり幻滅されることが多くてさ。『うちの猫ちゃんにソーマってつけたの、毎晩抱きしめて眠っているの』って言ってた女の子がいきなりビンタしてきて『猫ちゃんの名前はフランソワに改名したわっ！』って叫んで、走っていっちゃったり」

またストーカー？

「一日に百通くらいメッセージ送ってくる子に、読むの面倒だから直接話してってって言いに行ったら、『知らない！』って泣かれちゃったり」

牧原くんのストーカー、何人いるの！

おののく麦に、爽馬が情けなそうに顔をへにゃっとさせた。

「きっとあの子たちも、おれがデリカシーないこと言って傷つけてたんだろうなぁ……みんな理由を訊いても答えてくれなくて。そのうち話もしなくなって会わなくなって……」

全員、爽馬への想いがどこまでも一方通行なことに絶望して、去っていったのだろう。

爽馬がこれだけストーカーの被害にあいながら、本人はその自覚がなく、健全な精神を保っているのは、もはや奇跡なのではないか。

「おれにあんなにはっきり言ってくれたのは、三田村さんが初めてだったんだ。自分のダメなとこにも気づけて、三田村さんにはめちゃめちゃ感謝してる。三田村さんみたいな人は、大事にしなきゃと思ったんだ」

麦はジーンとしてしまった。

「あたしも、ごめんなさい。言いすぎたなって落ち込んでたの」

「えー、そんなことないよ。これからもどんどん言って。あーでもよかった。三田村さんがおれのこともう怒ってなくて。三田村さんがおれのことあきれたままだったらどうしようって、心配だったんだ……」

爽馬が心底ホッとしたという顔で言い、照れくさそうにうつむくのに、また鼓動が高まる。

爽馬との関係が、前とちょっとだけ変わったような……。

「タルト・タタンも食べたかったなー、くそ」

本気で残念がっていて、やっぱりあんまり変わってないかもとガックリしつつ、口もとが自然とほころんだ。

「タルト・タタンあるよ。食べてく？」

「食べる！」

たちまち顔を輝かす。この笑顔が曲者《くせもの》なのだ。爽馬がこんなふうに笑うと、麦はどうしても嬉しくなってしまう。

牧原くんのことが大好きだなぁと思ってしまう。

学習机に置いておいたタルト・タタンの箱を持って立ち上がり、

「下のキッチンで切ってくるね。あとお茶も淹れてくる」

二階のリビングへ下りていったら、仕事中のはずの語部が燕尾服のまま入ってきた。その後ろから、しかめっ面の令二と、しゅんとしている小毬が現れる。

「また麦さんにご指名ですよ。麦さんは人気者ですね」

語部がにこやかに言うと、令二がぶすっとした声で、

「たまたま店の前を通りかかったら、その執事に引っ張り込まれたんだ」

と主張した。

「お二人が心配そうにお店をのぞいてらしたので」

「……っ」

令二が言葉につまり、小毬がもじもじとうつむく。

令二だけでなく小毬までわざわざ店まで来てくれたことに、麦は心の中がぽかぽ

かとあたたかくなった。

「ちょうどよかった。タルト・タタン、みんなで食べよう。吉川さんも――」

ぴくりと肩を揺らす小毬に、明るく話しかける。

「お姉ちゃんのタルト・タタン、すごく美味しそうで誘惑のかたまりみたいだって言ってたでしょう？　見た目よりさらに美味しいし、食べたら絶対好きになっちゃうから」

「あ、あたしは……」

小毬は返事に窮しているようだったが、語部がすかさず、

「では『月と私』のストーリーテラーである私が、シェフの妹の麦さんのお客さまを特別におもてなしさせていただきましょう。すぐにお茶を用意いたしますので、みなさまはリビングのテーブルでおくつろぎください。さぁ、さらさらの黒い髪が魅力的な、妖精のように軽やかでほっそりしたお嬢さまもぜひこちらのお席へ」

優雅に椅子を引いて、小毬を座らせてしまった。

小毬はぽーっとしている。

令二たちの声を聞いて三階から下りてきた爽馬が、

「そうか、ああいうふうに言えばよかったんだ」

と、しきりに感心していた。

語部がキッチンのガス台でお湯をわかして紅茶を淹れ、タルト・タタンもオーブンで軽くあたため、白く泡立てたシャンティと一緒に、流れるような手つきでテーブルに並べてゆく。

「タルト・タタンは、失敗から生まれたお菓子でございます。十九世紀のフランスの小さな町でホテルを営むタタン姉妹が、タルトの型にうっかり生地を敷くのを忘れて、直接林檎をつめてオーブンに入れてしまったのです」

「途中で生地を忘れたことに気づいて、本来は型の下に敷くべき生地を林檎の上にかぶせて、さらに焼き上げました。そうして生地を下に向けてひっくり返してみると、林檎はえもいわれぬ艶を帯び飴色《あめいろ》に輝き、とろけるようにねっとりとやわらかな食感になっていたのでございます」

深みのある声で語られるストーリーに、小毬が引き込まれている顔でじっと耳を傾けている。

つやつやした赤茶色の林檎のタルトを、語部が麦たちの目の前で切り分けてゆく。

断面までもつやつやきらきら輝いていて、宝石のようだ。

「当店の満月のタルト・タタンは大きめにカットした林檎を、バターと三温糖でじっくりキャラメリゼし豊かなコクを出しております。それを型に隙間なくつめて焼き上げ、いったん取り出して型ごと冷やし、パイ生地を敷いて、またオーブンで焼き、冷蔵庫で一晩冷やして、くるりとひっくり返して完成したものが、こちらでございます」

「冷やしたままでも美味しくいただけますが、このように少しあたためて爽やかな香りを楽しみながら、冷たいシャンティと一緒にいただくのも、天上の味わいでございます」

白い生クリームを添えたタルト・タタンを、小毬は苦しそうに見つめている。

食べたくてたまらないけど、食べたらダメ、食べたら太る、そんなふうに葛藤しているようだった。

おなかに手をあてて、心細そうに瞳をうるませる。

すると語部がやわらかな口調で、また語り出した。

「これは、私が月から聞いたお話です」

「彼女はとても繊細で感じやすい女性でした。それゆえに失敗をたいそう恐れていて、いつも失敗しないよう慎重に臆病になっておりました。彼女は自分で自分に呪いをかけていたのでございます」

小毬がどんどん泣きそうな顔になる。

胸に響く声で語られるその女性の話が、自分と重なったからだろう。

以前は太っていて、必死の食事制限で痩せたけれど、また太りたくなくて、食べることが怖くなってしまったのかもしれない。

メンチカツ定食も甘いケーキも本当は食べたくて、でも食べようとするとおなかが痛くなって、臆病になっていったのかも。

「自分でかけた呪いですから、自分で解くことができます。失敗を恐れていた彼女も、月を見上げて歩きはじめました。そして彼女の世界はくるりとひっくり返ったのです。タタン姉妹の失敗からタルト・タタンが生まれたように――彼女にとって失敗は成功への過程であったのです」

あたしも、そうなれたら。

そんな願いのこもる目で、小毬は艶めくタルト・タタンを見つめている。おなかにあてていた手がフォークに伸びてゆくのを、麦と爽馬、それに令二も、息をひそめて見守っている。

小毬の手がまた止まりかけたとき、空から響き渡るような、力のある輝かしい声が聞こえた。

「さぁ、お嬢さま、タルト・タタンは季節商品です。林檎が一年で一番美しく色づく、今、このときにしかいただけない至高の逸品でございます。このチャンスを逃したら、次にタルト・タタンに出会えるのは一年後です。目の前にある今、誘惑されてみるしかありません」

小毬の手が動いた。

艶めく林檎にフォークをおそるおそる刺して、そのまますくい上げ、キャラメリゼされた飴色のかたまりを口に入れる。

次の瞬間、目を見張って。

その目をしだいにうるませて、ゆっくりと咀嚼《そしゃく》し、飲み込んでから——深い感動のこもる声でつぶやいた。

「美味しい……」

もうひとすくい、またひとすくい、大切に大切に、夢中で食べ進める。

爽馬が我慢できなくなって、自分も大きなかたまりをフォークに突き刺して頬張り、

「うっまぁぁぁぁ！」

と叫ぶ。

「林檎が、すっげぇねっとりしてて濃厚！　なのに酸味があるから、なんていうか爽やかで、生クリームと一緒に食べると、うわぁ、やっべー！　あたたかいと冷たいで最高！」

もう大興奮だ。

「まぁ、糖花さんのケーキだから、間違いないさ」

クールを装っている令二だが、最初の一口で「……うわ」と感嘆し、それを誤魔

化そうとすまし顔になるのを、麦はしっかり見ていた。

お姉ちゃんに、令二くんがタルト・タタン、美味しそうに食べてたって言っといてあげるね、と心の中でつぶやいて、クスリとする。

タルト・タタンを一切れすっかり食べ終えた小毬は、しばらくぼーっとしていたが、やがておずおずと麦に謝罪した。

「今までのこと……ごめんなさい。あたしが三田村さんに言ったことは、そうなったらいいなっていう……願望、だったの。本当のことじゃなくて……」

そんなことを口にするのは絶対に恥ずかしいはずなのに、ちゃんと謝ってくれた。

なので、麦ももう小毬に対してなんのわだかまりもない。

麦が笑って、

「もういいよ、テンションが上がって言いすぎちゃうことあるよね、吉川さんもあたしも」

と言うと、小毬は顔をくしゃっとさせたあと、ぎこちない声で、

「タルト・タタンも……ありがとう。初めて見たときから……食べてみたかったの」

と言い、小さく微笑んだ。

きっとこれからは小毬も食べたいものが食べられて、タルト・タタンも他のたくさんの甘いお菓子も楽しめるんじゃないかと思った。

◇　◇　◇

「あー、タルト・タタンうまかった！」

満足そうに夕日を仰ぐ爽馬と、静かな住宅地を、店の制服の上からコートを羽織った麦は並んで歩いている。

途中まで令二と小毬も一緒だったが、今は二人きりだ。

「また食べに来てね」

「うん！　母さんにも買ってきてもらうし、店にもまた行く！　じゃんじゃん行く！　あ、このへんでいいよ。三田村さんにうちまで送ってもらったら、今度はおれが三田村さんを家まで送ってかなきゃだし。あ、でもそれだったら、おれんちで夕めし食ってく？」

「えっ、そんな。いきなりごはんを食べにいったりしたら、ふみよさんに迷惑だよ」

「うちの母さんの性格、知ってるだろ？　客好きだし、三田村さんなら大歓迎さ」

牧原くんのおうち……行きたい、行きたいけど。

今日ではない気がする。

「うん、また今度ね」

牧原くんと彼氏彼女になれたら、そのときは……。

「そっか。じゃあ、また明日学校でな」

爽馬はあっさり去りかけたが、急に振り返って、夕日に染まった顔で、いつもよりしんみりした真面目な口調で言った。

「……今日、駅から店に向かって走ってるとき、三田村さんと今までみたいにつきあえなくなるのは絶対嫌だと思ったんだ。だから三田村さんが変わらなくてよかった」

麦に向けられる表情も、普段の爽馬より大人っぽく感じられて、胸がきゅーっとしてしまった。

爽馬が照れくさそうに「じゃあ」と言って、背を向ける。

大人へ成長しようとしている頼もしくしっかりしたその背中を、麦はしばらく見送った。

林檎みたいに真っ赤な顔で――。

失敗して、くるりとひっくり返って、やっぱりちょっとなにかが変わったのかもしれなかった。

ティーブレイク

# 生地がみっちりつまった
# ハード系パンプキンスコーンに
# ご用心

*Tea Break*

「……浅見くんは……三田村さんのことが好き……なのね。だから体育館へも行ったんでしょう。三田村さんが爽馬くんと二人でお出かけしたのが気になって」

麦の家からの帰り道。

爽馬と麦の二人と別れたあと、令二と小毬のあいだには沈黙が流れていた。

令二にしてみたら一度素の顔を見せてしまった小毬に気を遣う必要はなく、この先関わることもないと考えていた。小毬には親しい友人はいないようで、クラスメイトと雑談もしないだろうから、令二が優しい王子さまではなく、口の悪い、ねじくれた少年であることをバラされることもないだろう。

それに小毬のほうでも体育館で令二にキツイ指摘をもらって、棒みたいに細い体を縮めて涙ぐんでいたから、令二と関わりたくないはずだ。

なのに、ぽそぽそした声で、令二が目をむくようなことを言い出した。

三田村さんって、糖花さんじゃなくて麦のことか？

ぼくが麦を好きだって！

幼少時代から姉の糖花一筋なのに、とんでもない誤解だ。

「やだな、三田村さんは幼馴染で気軽に話せるだけで、異性として意識したことはないよ」

あえて優等生の王子さまの顔で、おだやかに否定する。

「……クラスの子たちが、浅見くんを三田村さんのお姉さんの店でよく見かけるって……話してたわ……。三田村さんの制服姿を見るため……でしょう。お店の制服、すごく可愛いし……」

麦じゃなくて糖花さんに会いに行ってるんだ！

ぼくが好きなのは糖花さんのほうだっ！

でも、そんなこと、わざわざ小毬に教えてやる理由はない。

「三田村さんには、他に好きな人がいるみたいだよ」

「爽馬くん……よね。浅見くんは爽馬くんと友達だから……三田村さんに気持ちを伝えられずにいるんでしょう……」

どこまで妄想をふくらませているのか。令二はくらくらしてきた。

もう無視しよう。

「……あたし、浅見くんが三田村さんとうまくいくように応援するわ」

「はぁ？」

「だから、あたしと爽馬くんのことも……浅見くん、協力して。あたしが爽馬くんの本当の彼女になれたら、浅見くんにとっても都合がいいでしょう？」

麦とは、お互いの恋を応援する同盟を結んでいる。まさか小毬に同じ提案をされるとは、夢にも思わなかった。

「……爽馬のことあきらめてなかったんだ。耳かき棒発言されてショック受けてたのに」

「そうなんだけど……爽馬くん、すごく一生懸命謝ってくれたし。学食で爽馬くんが、あたしのこと助けてくれて、嬉しかった気持ちは本当だから……」

歴代ストーカー女子たちのように、あっさりフェードアウトするかと思いきや、なかなかタフなようだ。

「これからは……独りよがりにならないように……まっとうに、控えめに……頑張るから。浅見くん、力を……貸してね」

だから誤解だ。思い込みの強いとこ、全然改善されてないぞ。

令二は同意したつもりはないのに、小毬は満足そうに目をなごませている。帰り際に、リビングまで挨拶に来た糖花から、お土産《みやげ》にもらったかぼちゃのスコーンが入った包みを薄い胸にあてて、憧れのこもる声でつぶやいた。

「三田村さんのお姉さん……月の女神さまみたいに……綺麗で優しそうな人だったね……」

――かぼちゃのスコーンよ。おうちで食べてね。生地がつまっていてハードなタイプだから、喉《のど》につまらせないように飲み物と一緒にね。

透明なパッケージに水色のリボンを結んだ半月の形のスコーンを、それは優しく微笑んで、令二たちに配った。

令二の手にもスコーンをのせて、

――令二くんがこの前買っていってくれた、キャラメルのジャムと一緒にいただいても、きっと美味しいわよ。

やわらかに目を細め、花びらのような唇で、ゆったりしたおだやかな声で、ささやいた。

令二が大好きなお姉さんが……。

甘い回想は、小毬が次に発した言葉により消え去った。

「ストーリーテラーの執事さんも、素敵だった……。お姉さんと執事さん、お似合いのカップルだったね……」

これは聞き捨てならない。

「糖花さんは、執事とも誰ともつきあってないよ」

「でも……お姉さんが執事さんのほうを見上げて、執事さんもお姉さんを見て、一緒にふわって……目で笑ったとき……とっても幸せそうで、心が通じあってるみたいだった。きっと両想いよ……」

小毬のせいで嫌な光景まで思い出してしまった。確かに微笑みあう二人は親密そうで、そのあと糖花は恋をしている表情で、ピンクの三日月の形をしたピアスにそっと指でふれていた。

「あたしも、爽馬くんとあんなカップルになれたらいいなぁ……」

だからカップルじゃねぇって！

小毬と別れて自宅に帰り着いてからも、令二の苛立ちは続いていて、自分の部屋で一人になるなり、かぼちゃのスコーンのリボンをほどいてヤケ食いした。

みっちりつまった生地から小麦とバターが香りたち、かぼちゃの滋味深い甘みも広がる。糖花さんが作ったのだから美味しいに決まってるし、実際めちゃくちゃ美味しい。くそっ、美味しい。

が、ハードなタイプだから飲み物と一緒にね、という糖花の言葉を失念していて、スコーンをしっかり喉につまらせ、大変なめにあったのだった。

# 第五話

# 甘くて、ひんやりで、
# もちもちな、
# 優しい優しいリオレ

*Episode 5*

朝、他のスタッフが来る前に厨房で二人で打ち合わせをしているときから、語部は様子がおかしかった。

「本日の満月はマスカルポーネのクリームチーズケーキです。上にシャンティを絞って、口溶けのよいスノーボールを飾ります。雪が降り積もり、世界が白で包まれるイメージです」

「……クリスマスも近いので、白一色のケーキはよいですね」

「半月は、苺とピスタチオのフレジェで。ムースリーヌは固めで、甘さも強めに出してみました」

「……赤と緑……クリスマスカラーですね、よいですね」

「三日月は、三日月の形の器でリオレを作りました。お米をミルクで煮てお砂糖と生クリームを加えて冷やしたライスプディングです。日本ではあまりなじみのないデザートなのですけれど……」

「いいえ……クリスマスらしくて素敵です。どのへんがクリスマスかというと……そうですね……雪のような白さが……」

「あの、金色の生姜《しょうが》のコンフィチュールでおおっているので、あまり白くは……見えないかも。コンフィチュールはのぞいたほうがいいでしょうか」

「いいえ、優しい金色も、まさにクリスマスです……」

またクリスマス？

確かに十二月に入ってから、店はシュトレンやクリスマス限定のクッキー缶のオンライン販売で大忙しだけれど。

売り場にも、チョコレートやクッキーで作った月の形のオーナメントや、洋梨などのドライフルーツやナッツをぎゅっと固めた三日月のベラベッカや、粉砂糖をたっぷりまぶした半月のパンドーロ、スパイスとフルーツのジャムをたっぷり入れた一口サイズの満月のミンスパイなど、クリスマスのお菓子をたくさん並べている。

クリスマスケーキの予約も先月からはじまっていて、こちらも注文が殺到してあっというまに限定台数に達してしまい、急遽台数を増やしたほどだ。

――シェフにご負担がかかりすぎではありませんか？

――大丈夫です。こんなにたくさんのかたが、わたしのクリスマスケーキを楽しみにしてくださって、嬉しくて仕方がないんです。

——それでは私は、シェフがオーバーワークで倒れてしまわないよう注意深く見守らせていただきましょう。私が強制的にストップをかけない程度に、全力をつくしてください。

語部は優しい顔でそう言った。

語部さんが見ていてくれたら、わたしはいくらでも頑張れるわ。

『月と私』がリニューアルしてから初めてのクリスマスに、意気揚々と臨もうとしていたのだが。

やっぱり今日の語部さんはヘンだわ……。

ケーキについて語る声に、いつもの深みやきらめきがない。内容もあっさりで、ひたすらクリスマス、クリスマスと、連呼していて。

もしかしたら、クリスマス商品のオンライン販売や、パートさんたちのシフトの調整や、台数を増やしたクリスマスケーキの材料の手配や、他にも様々なことで彼に負担をかけているのでは。

そう、糖花より語部のほうが何倍もオーバーワークなのでは？　顔色も悪いように見えるし、目も少し充血していて、表情もぼんやりしているような。

それに、少しふらついて……。

え？　ふらついてる？

糖花の目の前で、語部がよろけた。

「！」

倒れ込んでくるのをなんとか抱き留めようとするが、ぎりぎり手前で語部が向きを変え、壁に両手をついて持ちこたえた。

「申し訳ございません。靴底がすべって。バターでも落ちていたのでしょうか」

前髪が乱れて額に落ちてしまっている。

糖花が語部の手首にふれると、びっくりするほど熱かった。

「語部さん、熱があります！」

「私は平熱が高いのです」

「いいえ、普通の熱さじゃありません。額も、ものすごく熱いです」

「厨房の温度が高すぎるのかもしれませんね」

つぶやいて体を起こそうとしたとたんまたよろけて、ようやく観念したらしい。

乱れた前髪のまま律儀に言った。

「まことに遺憾《いかん》なことに、本日の私はシェフのお役に立てそうにございません。至急、体のメンテナンスをいたしますので、一日だけお休みをください」

◇　◇　◇

「えーっ、カタリベさんが病欠?」

出勤した郁斗は目を丸くした。

「カタリベさんって自己管理も完璧で、風邪なんて引かなそうなのに。おれにも『クリスマスが終わるまで休まれたら困りますので、体調管理に気をつけて、予防接種など早めにすませておいてください』って言ってたんだよ。病院の接種証明書を持ってきたら必要経費として店で負担するからって」

パートさんたちも心配していて、

「語部さんは病院へは行ったの?　糖花さん」

「あの語部さんが、自分から病欠を申し出るなんてよほど具合が悪いのよ」

「十二月に入ってから忙しかったから。語部さん、休憩時間も隣の事務所でオンライン周りの仕事をしていたみたいですし」

口々に言う。

糖花も心配で仕方がない。

「本人は、常備薬を飲んで一日休めば治ると言っているんですけど……」

自宅がある隣のマンションへも、糖花が手を貸そうとしても断って、ふらつきながら自分の足で歩いて帰っていった。

――今は一分一秒が大切な時期です。シェフはどうぞ開店の準備をなさってください。パートさんに今日は早めにシフトに入ってくださるよう、私からお願いしておきます。

そんな、わたしが連絡します、と糖花が言っても首を横に振って、これは総務担当の私の役目ですからと断る。

――見舞いも不要です。私は自宅で眠らせていただきます。インターホンが鳴っても出られません。

――そんな心配そうなお顔をなさらないでください。私の体のことは私が一番把握しております。数年に一度こうした不調があって、今日がその日のようです。クリスマス商戦日にぶつからず、幸いだったと思うしかありません。

「カタリベさんってロボットみたいだよねぇ。高性能で万能でメンテナンスも自分でこなして、不具合が発生しても冷静に対処するところがさ」

郁斗が感心して言う。

「でも、お見舞いは行ってあげたほうがいいと思うわよ、糖花さん。語部さんはロボットじゃなくて人間なんだから、熱が出たら苦しいし、ごはんも自分で作れなくて困っているかもしれないわ」

ふみよが言い、他のパートさんたちもうなずいた。

「そうですよね、わたしあとで様子を見に行ってきます」

そうは言ったものの、クリスマス月の忙しさは尋常ではなく、糖花はクリスマスケーキの仕込みと、店売り用のシュトレンの補充とオンライン用のクリスマスクッキー缶の製造と、その他もろもろで、お昼休憩もとれないほどだった。

薄く切ったシュトレンを味見し、おなかを満たす。

朝からずっと立ちっぱなしで、学校が終わって手伝いに来た麦に、代わりに隣のマンションへ様子を見に行ってきてほしいと頼んだ。

語部が体調不良で早退したと聞いて、麦も驚き、ケーキの材料の林檎やオレンジを持って隣へ行ってくれた。

が、すぐに戻ってきて、

「カタリベさん寝てるのかも。インターホン鳴らしても出ないよ」

と報告した。

だとしたら、しつこく呼び出して起こしてしまっては申し訳ない。けれど、中で倒れていて出られないのかも。

悪い想像をし、糖花は頭の中がぐらぐらした。

結局、糖花が語部の部屋を訪れることができたのは、就業時間を過ぎ残業もしたあとだった。

日はとっぷりと暮れ、冷たい夜空で月も寒そうにしている。

糖花は仕事用のコックコートのままだ。語部の容体が気になって、自宅に着替えに戻るのさえ、もどかしかったのだ。

語部は一階の事務所の他に、三階にも部屋を借りて、そちらを自宅にしている。

古いマンションなのでエレベーターもオートロックもなく、階段をのぼって部屋の前まで行くことができた。

語部さん……起きているといいのだけど……。

二回鳴らしてみて反応がなかったら帰ろう。

寒さで、くしゅん、くしゅん、とくしゃみをしてしまい、洟《はな》をすん、とすすり、インターホンのボタンを指で一度押した。

すると、中でドタバタ音がし、ドアが勢いよく開き、前髪をおろし、くしゃくしゃになったシャツの前ボタンを三つも開けた語部が現れた。

とても焦っていて、

「どうしました！」

と、いきなり尋ねる。

「い、いいえ……わたし、お見舞いに。語部さんはお見舞いはいいとおっしゃっていたのに、ごめんなさい。でも心配で」

語部がふらりとよろめく。

糖花にぶつからないようドアの枠を片手でつかんで耐え、顔を伏せたまま掠れ気味の声で言った。

「……そうですか、シェフのくしゃみが聞こえたような気がしたので……トラブルでもあったのかと」

くしゃみは、そんなに大きかったかしらと顔を赤らめつつ、糖花は尋ねた。

「あの、今日のノルマは全部終わらせてきました。中へ入っても……いいですか」

返事をする前に語部がまたよろけたので、糖花は慌てて支え、

「入ります、お邪魔します」

と言って、立ったまま靴を脱ぎ、語部を寝室まで連れていき、どうにかベッドへ寝かせた。

三階のこの部屋に入るのは初めてだ。

燕尾服が椅子の上に投げ出されていて、ベッドの横のサイドテーブルに蓋を開けたままの一リットルのミネラルウォーターのペットボトルが放置されている。

パジャマに着替えず、燕尾服を脱ぎ捨てシャツのままベッドに倒れ込んだようで、シャツはくしゃくしゃだった。

「語部さん、お食事は？」

「……水分はとりました」

「お水だけしか飲んでないん……ですか」

「薬も飲みました。熱も下がったので大丈夫です」

糖花は語部の額に、そっと手をあてた。

「語部さん……熱いです」

「そうですか……下がったような気がしたのですが。解熱剤の効き目が切れたのかもしれません……飲み直します」

起き上がろうとする語部を、糖花は急いで押し戻した。

「お薬はわたしがとってきます。どちらですか？」

「……確か床に箱ごと落として、あとで拾おうと……」

フローリングの床を見ると、語部の言葉どおり薬の箱が落ちている。

お薬の箱を拾う余裕もないくらい、具合が悪かったんですね……。

こんなに弱った語部を置いて、家に帰れない。

薬の箱を拾い、

「お薬を飲む前に、少しでもなにか食べたほうがいいです」

と、店から持ってきたものを、サイドテーブルに積み上げてゆく。

林檎にオレンジに、ドライフルーツ、マドレーヌにダックワーズ、それから三日月の器に入ったリオレ。

「これなら、お米とミルクとお砂糖で、熱があっても食べやすいと思って、ひとつだけとっておいたんです。あ、でも、やっぱりちゃんとしたおかゆのほうがいいですか？　それとも林檎をすりおろして蜂蜜を――」

枕に頭をつけたまま、糖花の手のひらにある三日月のリオレを見て、語部の目がなごんだ。

「……リオレをください。シェフのリオレが……食べたいです」

「では、温かいものと一緒に。紅茶も淹れてきたので」

「……はい」

「ゆっくり、起き上がってくださいね」

しめった背中に手を添えて、語部がベッドにもたれるのを助ける。

水筒を開けて蓋に紅茶を注ぎ蜂蜜をたらすと、ベルガモットと蜂蜜の香りが湯気と一緒にふわりと立ちのぼる。

語部に渡すと両手で受け取り、安らかな表情で口にふくんだ。

「……アールグレイですね。すっきりと爽やかで……蜂蜜の香りも……癒されます」

糖花はベッドの横に膝をつくと、金色の生姜のコンフィチュールにおおわれたリオレを、華奢な銀色のスプーンですくって語部の口もとへ差し出した。

「どうぞ」

「自分で……食べられます」

「手が紅茶でふさがっているようなので」

じっと見上げていると、語部がすーっと身をかがめて、スプーンをくわえた。

喉が小さく動き、飲み込むと顔を上げて、

「恥ずかしいですね……」

と、静かに言った。

「けれど……甘くて、ひんやりしていて……ふっくらと炊いたお米に、ミルクと砂糖と生クリームがよくからんで……とても優しい味がします……。生姜のコンフィチュールの辛みも良いアクセントになっていて……もう少し……いただけますか」

「はい」

糖花がスプーンで差し出す甘いリオレを食べながら、語部がリオレについて語ろうとする。

「リオレはフランス語で……米とミルクという意味で……医薬品として提供された歴史もありますが……フランスの偉大な料理人アントナン・カレームのレシピでは……アプリコットのソースを加えて……いや、デュボアのレシピでしたでしょうか……フランスの家庭では一般的な味で……スーパーでもヨーグルトなどと同様にパッケージに入って陳列されているとか……いわばフランスの国民食……いえ、それは大袈裟すぎですね……リオレとは、つまりその……」

熱で頭がぼーっとして、うまく働かないのだろう。普段は糖花よりずっと大人で頼りになる語部が弱っている姿に、心が甘く震えた。

「リオレは、フランスではお母さんの味なんですよ。小さなころから慣れ親しんできた懐かしい味なんです」

語部の代わりにリオレの話をする。彼のように上手には語れないけれど。

「それぞれの家庭に、それぞれのレシピがあるのだそうです。例えば、お砂糖を多くしてみたり、林檎を煮て加えてみたり……蜂蜜やキャラメルソースをかけてみたり……」

「リオレは……お母さんの味ですか……どうりで、私も幼い子供になった気分です……」

語部は父親を知らず、母親は彼が二歳のときに亡くなったと聞いている。里親の大門《だいもん》社長にストーリーテラーの才を見出され引き取られるまで、施設で育ったと……。

語部さんの中のお母さんの記憶はどんなものなのだろうと考えて、糖花は淋しい気持ちになり、胸がきゅっとした。

三日月の器が空になり、語部は糖花が渡した薬を飲み横になった。

「シェフ……もうお帰りいただいて大丈夫です……じきに薬も効いてくるでしょう」

「もう少しだけ、いさせてください。語部さんがおやすみになったら帰ります」

「そうですか……鍵《かぎ》はリビングのキャビネットの上に置いたように記憶しているの

で……私が眠ってしまったらそれで玄関の錠をかけてください……。鍵は明日店で渡していただければ……」

「はい、そうします。わたしのことは気にせず休んでください」

語部は目を閉じたものの熱が下がらず息が苦しいようで、掠れた声でつぶやいた。

「……自分を過信していました……シェフに気を遣わせてしまって、不甲斐《ふがい》なさでいっぱいです」

とても頼りなく見えて、糖花は語部のお母さんになって小さな彼のお世話をしているような優しい気持ちになった。

同時に、いつも糖花を助け支えてくれる語部に感謝の気持ちを伝えたいと思った。

語部がこんなに弱って自信をなくしている今だからこそ。

彼がいつも糖花を元気づけてくれたように……。

「これは……わたしが月から聞いたお話です」

お母さんが夜、子供に絵本を読んであげるように、ひっそりと、優しい声で……。

語部が目を開けようとするのを、手のひらをまぶたの上にそっと重ねて止める。

「彼女は、駅から離れた住宅地の片隅で、お菓子屋さんをしていました」

「店員は彼女一人で……古めかしいショーケースには日持ちのする地味な茶色いお菓子ばかりが並んでいて、それも全然売れませんでした……」

「彼女は自分のことを地味でつまらない人間だと思っていて、臆病で落ち込みやすく……いつも暗い顔でうつむいていたので……そんな店員がお菓子を売っているお店に、お客さまが来てくれないのは当然でした……」

「それでもクリスマスが近づくと、彼女は少しだけ希望を持ったのです」

「お菓子屋さんに一年で一番お客さまが訪れるクリスマスならば、彼女のお店にも誰かがクリスマスのケーキを買いに来てくれるかもしれません」

「売れ残りを廃棄するのが哀しくて作らなくなった生クリームがたっぷりのケーキを、彼女は二十四日のクリスマスイブに作りました。新鮮な苺をのせて、砂糖菓子のおうちやサンタさんも飾って、お客さまが来てくれるのを待ちました。クリスマスの奇跡をまだ信じていたのです」

「けれど……ケーキやチキンの箱を持った人たちは、お店の前を楽しそうに通り過ぎていくだけで、二十四日のイブも、二十五日のクリスマスも、彼女のケーキはショーケースに残ったままでした……奇跡は起こりませんでした」

生クリームが劣化してしまったホールケーキを、麦は美味しいと言って食べてくれたけれど、全部は食べ切れず廃棄した。

悲しくてたまらなくて、わたしのお菓子は誰にも見向きもされないのだと、ますます後ろ向きになった。

「でも、雪が降り積もった二月の朝、彼女は一人のストーリーテラーと出会ったんです」

店の前で、雪に足をすべらせ転倒し気を失ってしまった男性にびっくりして、救急車を呼んだ。後日店を訪れた彼は、糖花が焼いたお菓子を食べて、一緒に店をやりましょうと言ってくれた。

「そのあとは、奇跡の連続でした」

「お店を改装して、どうしたらお客さまに手にとってもらえるか、お菓子のコンセプトやデザインを彼と一緒に考えて……。今では、お店はお客さまでいっぱいです。クリスマスのケーキも予約分があっというまに売り切れてしまいました」

「全部、彼のおかげです」

「シェフのお菓子は素晴らしいと、いつも宝石みたいにきらきらした言葉で褒めてくれました」

「その言葉で、彼女のお菓子を華やかに飾って、特別なものにして、お客さまに届けてくれました」

「挫《くじ》けそうな彼女に勇気をくれて、支えてくれました」

糖花の耳にある淡い銀色を帯びたピンク色の三日月のピアスも、語部がプレゼントしてくれたものだ。

シェフは美しく才能もおありなのに落ち込みやすいので、お守りだと言って。

――いつも月とともにあると思えば、勇気がわいてくるでしょう。

昼間もそこにある月のように、彼はいつも糖花に寄り添い、糖花を支えてくれた。たくさんの奇跡を起こしてくれた。

語部のまぶたに重ねた糖花の手のひらに、彼の体温が伝わってくる。

冷たかった糖花の手が、語部の熱でぬくもってゆく。

語部は身じろぎひとつしない。きっと薬が効いて眠ってしまったのだろう。

「わたしは、彼に、とても感謝していて……彼のことが……好きです」

気持ちがあふれて、糖花の口からこぼれた。

大丈夫、聞こえていない。

今だけだから。

「彼の好みの女性はわたしとは違うし、迷惑だとわかっているけれど……彼が……語部さんが、大好きなんです」

切なさと愛しさで、胸がぱんぱんになる。

語部の手が伸びてきて、糖花の右の耳たぶにふれたのはそのときだった。

「！」

驚いて息をのむ糖花の耳に今もある銀色がかった淡いピンク色の三日月を、語部の指が、そっとなぞる。彼に向かって秘めた恋心を告げたのが、糖花に間違いないことを確かめようとするように。

右の耳たぶから電気が流れ、糖花の全身を駆け巡ったみたいに体のあちこちがピリピリする。耳たぶが熱い。心臓がはじけそうだ。

まぶたに重ねていた手を思わず離すと、語部が夢の中をただよっているようなぼーっとした顔で糖花を見上げていた。

半分眠っているような顔で——気持ちを偽ることをまだ知らない子供のように正

直な顔で――。

安心したように、つぶやいた。

「私も、同じ気持ちです。糖花さんを……愛しています」

糖花の耳たぶにふれたまま首をかくっと横に向けて――今度こそ本当に眠ってしまったようで。

乾いた唇から、規則正しい寝息がもれている。

糖花は、語部の腕をそぉーっとつかんで布団の中に戻した。羽布団と毛布を首までしっかり掛け直してあげて、椅子に放りっぱなしだった黒い燕尾服を整えて、床に落ちていたハンガーにかけて、クローゼットのつまみに下げた。

――糖花さんを……愛しています。

頭の中で、何度も何度もその言葉を繰り返しながら。

オレンジと林檎の皮をむいて食べやすくカットして、蜂蜜と一緒に保存容器に入れて、サイドテーブルに置いて。

空になったリオレの器を持って、キャビネットの上に無造作に置いてあったキーケースの鍵で外から戸締りをして。

隣の自宅へ戻ってからも、何度も、何度も。

◇　◇　◇

翌日、語部は店に現れなかった。

糖花が彼の部屋へ行ってみると、ドアに鍵はかかっておらず、ベッドは羽布団と毛布が半分めくれてシーツが乱れた状態のまま空っぽで。

語部の姿は、どこにもなかった。

# 第六話

# バターとスパイスの香りとともに
# 月の魔法をしっとりと抱きしめる、
# 奇跡のシュトレン

*Episode 6*

語部さんがいなくなってしまったのは、わたしのせいだわ。

彼が姿をくらましてから、もう五日になる。

糖花は毎日語部の部屋を見に行っていたが、部屋の中はそのままで荷物を取りに戻ってきた様子もない。

休むという連絡も一切ないまま、行方《ゆくえ》を絶ってしまった。

語部のスマホに電話してみたが、何度かけても『おかけになった電話をお呼びしましたが、お出になりません』とアナウンスが流れる。

メッセージを送っても既読すらつかない。

わたしが語部さんに、あんなことを言ったから。

語部さんは、プライベートではなるべく近づかないでくださいと言っていたのに。

わたしのことが苦手だって。

なのに彼が眠っていると思って、内緒にしておかなければならなかった気持ちを伝えてしまった。

語部は、私も糖花さんを愛していますと言ってくれて、そのときは、あまりにもありえない言葉だったから思考が停止してしまい、その言葉を頭の中で何度も繰り返していたけれど。


あれは語部さんが薬でぼんやりして、なにを言っているのかよくわかっていなかったんだわ。

リオレのことを話そうとしていたときも、うまく話せなくてぐだぐだだったもの。言葉通りの意味じゃなくて、なにか別のことだったんだわ……。


目が覚めて頭がすっきりしたとき、糖花の告白を覚えていて、厄介に思ったのだろう。苦手な女性から一方的に恋されるのは迷惑だと。

ましてや、それが店のシェフだなんて。

しかもうっかり『私も、同じ気持ちです』などと言ってしまい、期待を持たせてしまったことに冷や汗をかいたに違いない。

あれは間違いだったと突き放すのは、角が立つ。

どうすべきか悩んで、行方も告げずに出ていってしまったのではないか。

そんな責任感のないやりかたは彼らしくないけれど、そうした行動をとらせてしまうほど、糖花の告白は爆弾だったのだ。


言わなければよかった。

きっと語部さんを苦しめてしまった。


クリスマス前でただでさえ忙しいのに、語部のいない店はトラブル続きで大混乱だ。郁斗は糖花とクリスマスのケーキやクリスマス菓子のノルマをこなすのに精一杯で、とても売り場で接客できる状態ではない。

麦が学校から帰ってくるとレジを担当し、昼間はパートさんたちが慣れない接客を一生懸命してくれた。

それでもお客さまから、レジの待ち時間が長い、私のほうが先に並んでたのに、列の並びを店からきちんと指示してほしい、商品のことを尋ねたら知識が曖昧《あいまい》で、いちいち厨房に確認しに行くのは勉強不足では、などの不満が続出している。

仕方なく、クリスマスまで通常の商品の製造を減らし、営業時間も短縮した。

それでも仕事が追いつかない。

せっかく遠くから来たのに午後二時で閉店だなんて、とか、ショーケースの中がスカスカでガッカリ、などという声をＳＮＳに投稿されてしまった。

朝早くから夜遅くまで厨房でお菓子を作り続けている糖花を、麦が心配して、

「お姉ちゃん頑張りすぎだよ。ごはんもちゃんと食べなきゃダメだよ」

と言うけれど、ゆっくり食事をとる余裕などない。

作業の合間に片手でつまめるようシュトレンを薄く切っておき、それでおなかを満たしていた。

「ドライフルーツがいっぱいで栄養があるから、これでじゅうぶんよ」

と答えて、まだ大量に残っている仕事に励んだ。

忙しく働いていれば、語部のことで悩まずにすむ。麦には、自分が言ってはいけないことを言ってしまったせいで語部がマンションから消えてしまったと打ち明けていたけれど、郁斗とパートさんたちには彼が失踪《しっそう》したことを黙っていた。

とても話せないし、スタッフに心配をかけたくない。

クリスマスが迫っているのに、店の柱である語部が行方不明などと言ったらみんな動揺して、これまで語部が上手に回していたチームは崩壊するだろう。

「語部さんは容体が思ったよりも悪くて、病院で療養してもらっています」

と嘘をついた。

「ねぇ糖花さん、カタリベさん、クリスマスには間に合うのかな。正直、カタリベさんナシで商戦日に突入したらヤバいよ。特に二十四日のイブ」

「そうよね。わたしたちじゃ語部さんみたいに商品の説明もできないし」

「シェフ、語部さんの容体はどうなんですか？　病院の先生はなんて？」

「申し訳ありません。語部さんがクリスマスまでに退院できるかは、まだ……わからなくて。本当にごめんなさい」

わたしのせいなんです、ごめんなさいと、罪悪感に胸を押しつぶされながら、ひたすら頭を下げるしかなかった。

「そんなに謝らないで糖花さん。一番大変なのは糖花さんなんだから」

ふみよが気遣ってくれる。

「そうだよ。それにカタリベさんのことだからクリスマスにけろっとした顔で売り場に立ってるよ。それまでおれたちで頑張ろう」

郁斗が励まし、君里さんも両手でこぶしを作って言う。

「ですね、語部さんですもの。語部さんが作ったマニュアルがあるので、オンラインと事務は、わたしがなんとかします」

他のパートさんたちも、残業や早出を申し出てくれた。

「クリスマスは子供たちが出かけて暇だから、シフトを増やしてくれて大丈夫よ」

「あら、うちもよ。彼女とデートですって。旦那さんもデパート勤務で毎年クリスマスは残業だから、わたしも働くわ」

ありがたくて申し訳なくて。

けど、語部のスマホはつながらないままだし既読もつかない。

……語部さんはもうお店に戻ってこないかもしれない。

どうしてもそう思えて、糖花は絶望でいっぱいだった。

そんな中、店に意外な助っ人が現れた。

前を開けたロングコートをミュージシャンのようにひらりと着こなした派手な金髪の青年が、売り場から厨房へしれっとした顔で歩いてゆく。

「お、お客さま！　そちらは――」

レジを打っていたパートさんが驚いて止めようとするのを、

「三田村シェフとは知り合いだから」

と軽くいなして、厨房に入ってしまった。

「時兄ぃ！」

郁斗が目を丸くする。

郁斗の親戚で、現在休業中の有名パティシエは右手を高くかかげて、不敵な表情で言った。

「おれの黄金の腕、このとおりすっかり治ったんだけどさ。店の再始動は来年になりそうで、それまで腕が鈍らないように、どこか短期でヘルプに入ろうかなって思って。見たところ人手が全然足りてなさそうだし、ここで働いてもいいけど、どうする？」

◇　◇　◇

時彦の加入で、停滞していた製造ラインが三倍の速さで流れはじめた。

とにかく仕事が速い。大量のケーキをあっというまに組み立て、仕上げてゆく。

速度だけではなく、技術も申し分ない。

本場フランスで実績を上げ凱旋帰国した若手ナンバーワンパティシエという肩書きは決してマスコミ向けの過剰な看板ではなく、その実力は本物だった。

「時兄ぃ、すげー！　カッコいい！　時兄ぃ！」

郁斗は推しのコンサートでペンライトを振るファンのように興奮しっぱなしで、時彦から「おれに見惚れてばかりいないで手を動かせ」と注意されてしまうほどだった。

以前、糖花と時彦が手つなぎデートをしている現場を目撃した君里さんは、眼鏡の位置を何度も直し、

「あ、あれはっ、シェフと修羅場だった人ですよね？　語部さんがいない隙に、シェフとヨリを戻しに来たんでしょうか？」

と、麦におろおろと尋ねていた。


さらにもう一人、意気揚々と店に乗り込んできた少年がいる。

「カタリベが入院して店が回らなくて、大変なんだって？　なんでそういう美味しい情報を教えてくれないんだ。ぼく、クリスマスまでここでバイトするから」

令二はそう言って、来たその日から働きはじめた。

バイト経験はないはずだが猫かぶりの優等生だけあって、仕事の飲み込みが早く、レジの操作もすぐに覚えてしまった。

「いらっしゃいませ！　『月と私』へようこそ！」

お客さまへの笑顔も完璧だ。

しかも演劇部から借りてきた黒い燕尾服を、勝手に着ている。

「あらまぁ、若い執事さんも素敵ね。とっても爽やか」

常連の高齢女性に褒められて、ますます笑顔で、

「ストーリーテラーは不在ですが、ぼくにお客さまのお手伝いをさせてください」と調子に乗って言う。

とりあえず見た目が良く親切なので、女性のお客さまから好評だ。

「ふふん、カタリべにできることが、ぼくにできないはずがないさ。もうカタリべは戻ってこなくていいんじゃないか?」

鼻をぴくぴくさせていた。

確かに時彦と令二が来てくれて、忙しさはだいぶ落ち着き、短縮していた営業時間も元通りになった。クリスマス本番はまだこんなものではないだろうけど、どうにかなりそうだという雰囲気がスタッフのあいだにただよっている。

けどお姉ちゃんは、まだごはんを食べずにシュトレンを食べて、ずっと厨房にこもってる……。


朝、麦が二階のリビングへ行くと、もう姉は一階の店へ出勤している。

帰りも連日深夜だ。

以前はよく、糖花と麦と語部の三人で食事しながら、店のことを話しあった。

姉はいつも明るい顔をしていて、そんな姉に向けられる語部の眼差しも、麦がドキドキしてしまうほど優しかったのに。

今は、麦は一人でごはんを食べているし、糖花は仕事の合間につまむシュトレンで、かろうじてカロリーを摂取している。


カタリベさんは、どうしていなくなっちゃったの？

今、どこにいるんだろう。

お姉ちゃんはカタリベさんがいないとダメなのに……。


助っ人の桐生シェフは少しエラそうだが、姉には丁寧に接していて、

「遠慮せずおれを使ってくれ。美人のためなら腕の振るいがいがあるから」

と気遣いを見せる。

「糖花さん、ぼく、昨日クリスマスのお菓子を全部持ち帰って予習してきたんだ。お客さんに糖花さんのお菓子のことを訊かれたら、なんでも答えられるように」

と、令二もここぞとばかりにアピールした。

それでも姉の表情は晴れない。

ありがとう、と口にするけれど瞳が哀しそうだし、無茶な働きかたを続けている。

やっぱりカタリベさんに戻ってきてもらわなきゃ。

それについて麦には気になることがあった。

時彦がヘルプに来てくれたとき、郁斗に、

「郁斗くんが頼んでくれたんだね、ありがとう！」

と言ったら、

「えー、なにも言ってないよ。店が鬼忙しくて時兄ぃとも連絡とってなかったし。時兄ぃは糖花さんへの恩返しに自分から来たんじゃないかな」

そう郁斗は話していたけれど、麦は疑問を感じていた。

時彦は郁斗を助けるためならすっ飛んでくるだろうけど、姉にはまだそこまでではない気がする。それに時彦のように芸能人と噂になるような派手な男性は、地道なアプローチはしなそうだ。

なので彼が帰り支度をすませ退店するタイミングで、直接尋ねてみた。

「時彦さん、どうしてうちの店が人手不足で困ってるのがわかったの？」

「そりゃ……郁斗が話してたから」

「郁斗くんは、お店が忙しくて時彦さんと連絡とってなかったって言ってたよ」

麦が指摘すると目を泳がせて、

「ああ、じゃあＳＮＳで見かけたんだ。そう、ＳＮＳだ。最近はなんでもＳＮＳに書かれるからなー」

ユーチューバーの事件で炎上して、時彦は日課だったＳＮＳのチェックをやめてしまったと、前に郁斗が言っていた。

時彦さん、なにか隠してる。

時彦がタイミングよく現れたのが郁斗の頼みでないなら、あとはもう彼しかいない。

「時彦さんは、カタリべさんに頼まれてうちに来たんじゃない？」

「いや、それは――」

明らかに動揺していて、麦は確信を持った。

「カタリべさんはどこにいるの？　時彦さん知ってるんでしょう？」

「麦ちゃん、声が大きい。バレないようにしろってあいつに言われてて」

「あいつってカタリべさん？　やっぱり知ってるんだ。あたしをカタリべさんのところへ連れていって！　でないと時彦さんにセクハラされたってＳＮＳに投稿しちゃうから！　そしたらまた大炎上だよ！」

◇　◇　◇

ずっしり重いトートバッグを肩からさげて、麦は時彦の車で駅前の古いホテルを訪ねた。

「くそ、女子高生とパパ活してるってSNSに投稿されないかな」

サングラスをかけた時彦は、ずっと周囲をきょろきょろうかがっている。

「お姉ちゃんとは昼間から手つなぎデートしたでしょ」

「あれはデートじゃ……いや、お姉さんには迷惑をかけたけど、お姉さんはほら、大人だから。女子高生とホテルはマズい」

麦はずっとムスッとしていて、時彦は困っている顔をしていた。

クラシックなエレベーターで八階まで上がり、壁に花や果物などの静物画が飾られた内廊下を進み、ひとつの部屋の前で時彦が足を止めドアをノックする。

「あー……桐生だけど、ちょっと不測の事態で」

ドアが開いて顔を見せたのは、ふわふわの白い髪の、品のよさげな高齢男性だった。

「絢辻さん!」

お店の常連で『オペラさん』と呼ばれている人だ。

絢辻が麦を見て、おや？　と目を見張る。

その向こうに、右腕を三角巾で吊り、右足をギプスで固めた語部がソファーに座っているのを見つけた。

「カタリベさん！」

麦は案内も待たずに部屋の中に入っていった。

語部が視線を麦に向け、そのあと時彦に向ける。

「すまん、バレて脅迫された」

時彦が手を合わせると、仕方がないというように苦笑した。

麦に対してもうろたえたりせず、静かに話しはじめた。

「ごらんのとおりです。石段で、うっかり足を踏み外して転げ落ちてしまいました。スマホで救急車を呼んで病院で手当てを受けましたが、この有様で……。一年で一番忙しい時期に、お店の役に立てません」

「石段から落ちたって……どうして」

「熱が下がり切っておらず、朦朧《もうろう》としていたのでしょうね……夜明け前で、月も雲に隠れていて暗かったので」

「なんでそんなふらふらした体で、お姉ちゃんに黙ってマンションから出ていったの？　お姉ちゃんがカタリベさんに、言っちゃいけないことを言ったから？」

それがなんだったのかまで、姉は話してくれなかった。

だけどとても辛そうで、わたしがいけなかったのだ、語部さんがいなくなったのはわたしのせいだと、自分を責めていた。

見ている麦まで胸が苦しくなるほどに――。

「お姉ちゃんはカタリベさんに、なにを言ったの？」

重いトートバッグを肩にさげたまま激しい口調で問い詰めると、

「私たちは席をはずしましょう。桐生シェフ、私の部屋でワインはいかがですか」

と絢辻が時彦をうながし出ていった。

二人きりになり、麦が歯を食いしばって語部の言葉を待っていると、彼は遠くを見る眼差しで口を開いた。

「……糖花さんに私への気持ちを告げられて、私も同じ気持ちだと申し上げました。糖花さんを愛していると」

麦は息をのんだ。

あんまり驚いて、混乱して。

二人が両想いなのは、ずっと知っていた。

語部が仕事相手としての糖花を尊重するあまり、遠ざけていたことも。

なのに姉の告白を受け入れて、愛しているとまで言っておきながら、なぜまだ暗いうちから逃げるようにマンションを出ていったのか。

時彦にこっそりヘルプを頼むほど、店のことも姉のことも気にかけているのに、なぜ居場所を告げないままなのか。

語部が後悔のにじむ声で、淡々と語る。

「……薬で意識が朦朧としていたとはいえ……口にするべきではありませんでした。夜中に目覚めて、自分がしでかしたことの重大さに狼狽《ろうばい》して……。外へ出たのは頭を冷やしたかったからです」

それが石段から転落して病院に運ばれて、医師から腕も足も当分使えないことを告げられた。

絢辻とは、たまたま病院で会ったという。

片手を吊り、片足をギプスで固め、脇に松葉杖を挟んだ語部を見て驚いていたと。

この怪我ではクリスマスも店に出られない。

「役立たずの私は、糖花さんに合わせる顔がありません……。行き場所に困っていた私に、絢辻さんが滞在先のホテルを紹介してくれました。そこなら自分も手助けしやすいからとおっしゃってくださって……」

どうか糖花さんには知らせないでくださいと、語部は言った。

「私の状況を知れば、糖花さんはご自分を責めるでしょう。クリスマスで大変なときに、糖花さんにこれ以上負担をかけるわけにはいきません」

握りしめていた麦の両手が、ぶるっと震えた。

あんまり怒りすぎて体が爆発しそうだ。

「もうお姉ちゃんは、とっくに自分を責めてるよっ！　自分のせいでカタリベさんは出ていったんだって！」

お姉ちゃんに負担をかけたくないなんて、全然意味がわからない。

「カタリベさんがいなくなってからお姉ちゃんはボロボロで、なのにクリスマスで忙しくて休めないし、ごはんも仕事の合間にシュトレンしか食べてないんだよっ！　本当はクリスマスが来るまで、ワクワクしながら食べるものなのに、すごく悲しそうな顔で飲み込んで、また仕事して。背中もどんどん丸まってくし。カタリベさんに会う前のお姉ちゃんに戻っちゃうよ！」

カタリベさんがお店に来てから、お姉ちゃんはすごく明るくなって、綺麗になって、お菓子を作るのが楽しくてたまらないって感じだったのに。

カタリベさんがお姉ちゃんを変えたのに。

「そんなふうにぐだぐだ理由をつけてお姉ちゃんを放っておくような人に、もう、お姉ちゃんのことは任せられないよっ！　ヘルプの時彦さんといい雰囲気だし、令二くんも演劇部で借りた燕尾服を着て、お姉ちゃんにいいとこ見せようって張り切ってるし、お姉ちゃんもカタリベさんじゃなくて他の人のことを好きになっちゃうかもね！」

トートバッグから半月の形をしたずっしり重いシュトレンをつかみ出し、テーブルに叩きつけるようにして置く。

さらに、もうひとつ！

半月のシュトレンが、そっぽを向いてふたつ並ぶ。

真っ白な砂糖にくるまれたシュトレンを見おろして、語部はひどく切なそうな顔をした。

けれど、店に戻るとは言わなかった。

麦もそんな語部に背中を向けて、部屋を出ていった。

ドアが閉まったとたん泣きそうになって、洟《はな》をスンッとすすり――つぶやいた。

「お姉ちゃんは……カタリベさんを待ってるんだよ……。カタリベさんじゃなきゃダメなんだよ」

◇　◇　◇

語部の居場所はわかった。

けど彼があんなふうでは、姉に言えない。

麦は考えすぎて、頭が割れそうだった。

糖花は相変わらずシュトレンを食べ続けている。

明日は二十三日で、翌日はイブだ。

ストーリーテラーの語部がいないクリスマス商戦が、はじまってしまう。

カタリベさんのバカっ。

お姉ちゃんはモテモテなんだから。

時彦さんや令二くんとまとまっちゃったら、絶対後悔するんだからね。

◇　◇　◇

二十三日はゆるやかにスタートした。

午前中からシュトレンやベラベッカや、チョコレートやクッキーのオーナメントがよく売れ、お客さんは途切れなく訪れた。ホールケーキは予約分で完売しているが、ショーケースにはクリスマス仕様のプチガトーが並んでいる。

赤い苺がキャンドルのように輝く三日月のショートケーキに、ベリーのムースとビスキュイ生地を重ねて、ピスタチオのチョコレートクリームでコーティングした半月。キャラメル味のバタークリームを塗ったスポンジを巻いて輪切りにし、周りにもキャラメルのバタークリームを細い口金で絞り出して切り株に見立てた、満月のブッシュ・ド・ノエル。

他にも赤や緑、白の、クリスマスらしい色合いの小さな月たちが、楽しそうにきらめいている。

クリスマスのプチガトー目当てでやってきて全種類買っていくお客さんもおり、午後七時の閉店時間までに、すべて完売した。

「ほら、やっぱりカタリベがいなくても平気じゃないか」

令二が満足そうに言う。

そんなふうに二十三日を乗り切り迎えた、商戦日ど真ん中の十二月二十四日のクリスマスイブ——。

開店と同時に店内はお客さんで満員になり、外に長い行列ができた。

普段イートインに使っている丸テーブルをクリスマスケーキの受け渡しスペースにし、事前に料金を支払い済みのお客さんを、そちらへ誘導する。

ケーキと別に焼き菓子やプチガトーも購入したいというお客さんは、ショーケースに沿って並んでもらった。

外の列は午後になっても伸びてゆき、売り場も厨房も目が回りそうな忙しさだ。

麦もプチガトーをのせたトレイや予約のケーキを入れた箱を持って、厨房と売り場を何度も往復した。

いらっしゃいませ！

ありがとうございました！

その言葉を、朝から百回以上は言っている。

喉がからからで、腕も重くてだるい。

夕方になって、今度は会社から帰宅した人たちがどっと押し寄せ、忙しさのピークを迎えた。

本日最大の混雑だ。

壁際の棚からクリスマス菓子を取ろうとしてお客さま同士がぶつかりそうになったり、押しあったり、お母さんとレジの順番を待つのに退屈した小さな子供が癇《かん》癪《しゃく》を起こしたり、トラブルが次々発生する。

その対応に、売り場担当の令二やパートさんたちが大わらわになっていると、列に並ばずにレジに向かう五十代ほどの男性がいた。

手に『月と私』の店名が入った紙袋をさげている。それをショーケースごしに令二に向かってかかげ、しかめっ面で言った。

「このクリスマスケーキ、予約したやつと違うんだけど」

令二が、えっ、という顔になる。

ケーキを渡したのは令二だ。

「しょ、少々お待ちください」

慌てて予約のリストを確認し、

「田中明敏《たなかあきとし》さまでございますね。お品物は、満月のパリブレストで……」

と言ったところ、

「ぼくは田中弘之《ひろゆき》で、予約したのは半月のショコラデュオだ」

と睨まれた。

同姓の別のお客さんにケーキを渡してしまったことが判明し、令二が青くなる。

通常は商品を渡す前に中を見せて「こちらでお間違いございませんか？」と尋ねる。けれどあまりに忙しくて、令二は途中から自己判断で確認の作業をはぶいていたのだ。

予約のクリスマスケーキは、箱に商品名も記載されているので間違いないだろうと――。

「すみません、すぐにお取替えします」

厨房に走り、残りの予約分のケーキの箱から探すが、見つからない。

リストを見直して、令二がさらに青ざめる。

「……パリブレストの田中さんに、ショコラデュオを渡してる」

「ええっ」

厨房にプチガトーを補充しに来ていた麦も、思わず声を上げてしまった。

糖花と時彦と郁斗の製菓チームも、動かしていた手を止め顔をこわばらせる。

「どうすんの？　田中明敏さんからショコラデュオを返してもらって、それを今来てる田中弘之さんに渡すの？」

「バカ、一度他の客が持ち帰ったケーキを出せるわけないだろ」

「でもクリスマスのホールケーキは予約で完売してるし、今すぐ新しいケーキなんて用意できないよ」

「明日の予約分のベースがあります。ただ仕上げに少しお時間をいただかないと」

「それでいい！　すぐ取りかかって。令二くん、外にいる田中の弘之さんにそう伝えて」

時彦の指示で、令二が売り場に戻る。

麦もついてゆく。

弘之氏は混雑している売り場で待たされ苛立っており、令二が平謝りし、

「もうしばらくお待ちください、ただいまシェフが仕上げをしております」

と伝えても、

「もうしばらくって、どれくらい？　十分？　二十分？　こっちも暇じゃないんだ

けど！」

と怒りをぶつけてくる。

その声に、さっき癇癪を起こした子供がまた泣き出し、パートさんはレジを打ち間違えて「すみません、すみません」とやり直すも、今度はレシートの紙が切れてその交換でもたつくという悪循環で――。

お客さんたちも、ぐったりしたり、うんざりしたりしている顔つきだ。

弘之氏のクレームは止む気配がなく、一分ごとに「まだか？」と繰り返す。

令二がこんなふうに身を縮めてひたすら頭を下げるのを、麦は初めて見た。

助けに入りたいが、麦にもどうにもできない。

そのとき、やわらかな声が聞こえた。

「誠に申し訳ございません。田中弘之さまの半月のショコラデュオは、当店のシェフが、ただいま完璧に仕上げております。お待ちいただくあいだケーキのご説明を先にさせていただいてもよろしいでしょうか？」

爽やかな風が刺々しい空気を洗い清めるように、耳に心地よい、おだやかな、やわらかな声が、流れてゆく。

黒い燕尾服の男性がゆったりした足取りで、ショーケースのほうへ歩いてきた。語部ではない。

ふわふわした白い髪の、物腰に品のある高齢の男性。声がとても素敵なのだとパートさんたちに大人気の常連さんの——。

「絢辻さん……」

執事の装いをした絢辻は、ゆったりと微笑んで語りはじめた。

「ショコラデュオはミルクとビター、二種類のチョコレートで作るシンプルなケーキでございます。当店ではやわらかな甘さのミルクチョコレートのムースと、すっきりしたビターチョコレートのムースのあいだに、ほろ苦いカカオのビスキュイ生地を挟み、カカオ分五十一パーセントのビターミルクチョコレートでグラサージュしております」

なぜ、絢辻がここにいるのか？

執事の格好をして、クリスマスのチョコレートケーキについて語っているのか？

麦の頭の中で疑問が渦巻いている。

カタリベさんが、時彦さんみたいに絢辻さんにも頼んでくれたの？

ソムリエだった絢辻は、お客さまに出すお酒に、ささやかな言葉の魔法をかけるのが楽しみだったという。

あるときから、彼はうまく語れなくなってしまった。

それでソムリエを引退し、ホテルで隠居暮らしをはじめたのだと麦は聞いている。

けれど今、絢辻はおだやかな微笑みを浮かべ、胸に深く染み入るような美しい声で、きらきらした言葉を紡いでいる。

長い待ち時間と混雑にげんなりしていたお客さんたちが、やわらいだ表情で絢辻の声に聞き入っている。きっとみんな、心地よい綺麗な声だなぁ……素敵な声だなぁ、と思っているのだろう。

このままずっと聞いていたいと。

子供の泣き声もいつのまにかやみ、令二に苛立ちをぶつけていた弘之氏も、絢辻の声に、言葉に、耳をすましている。

「ミルクとビター、ふたつのムースが奏でる調べはそれは気高く上品で、静かな口溶けにため息がこぼれることでしょう。シンプルだからこそ、味わいはどこまでも深い——そんなショコラデュオを選ばれた弘之さまは、都会的で大人のセンスをお持ちのかたなのでしょうね」

絢辻からそんなふうに持ち上げられて、弘之氏は照れている顔で、

「いや、おれも家族もチョコレートが好きで、ネットで見た画像もイイ感じだったから……」

と言う。

「それに、この店のケーキは家族全員好きだから……クリスマスのケーキはこの店のにしたかったんだ」

そんなことまで言ってくれた。

絢辻が深々と頭を下げる。

「ありがとうございます。私どものミスで弘之さまには大変なご迷惑をおかけしましたのに、そのような寛大なお言葉をいただいて感激しております」

「いや、そんな……」

弘之氏がますます照れる。

そこへ郁斗が、仕上がったばかりのショコラデュオを持って現れた。

「大変お待たせしました！　ご予約のお品物は、こちらで間違いございませんか？」

白い箱から、つやつやのチョコレートがかかった半月のケーキを見せる。断面のミルクチョコレートのムースと、ビスキュイ、ビターチョコレートのムースのシックで上品なグラデーションに、弘之氏が嬉しそうに顔をほころばせる。

「ああ、間違いない。これが食べたかったんだ」

「よろしければ、こちらのピスタチオのパリブレストもお持ちください。お荷物になってしまい申し訳ないのですが、香ばしいピスタチオのクリームとプラリネクリームの濃厚な味わいも、ぜひお楽しみいただければと」

「え、いいのかい？　悪いなぁ」

弘之氏は右手と左手にケーキの入った紙袋を持って、上機嫌で店を出ていった。

また来るよ！　との言葉を残して。

「絢辻さん、ありがとう。でもなんで？　カタリべさんに頼まれたの？」

絢辻が目を細め、答える。

「いいえ、私の独断です。語部さん風にお答えするなら、きっと私の中に眠っていた本能が目覚めたのでしょう」

燕尾服の胸もとで、金色の葡萄のバッジが誇らしげに光を放った。

そのあとも絢辻の活躍は続いた。

おだやかな口調でお客さん一人一人に声をかけながら、レジに続く列を巧みに整理し、商品を渡す際も、これはこういうお品で、こんなに美味しくて素晴らしいものなのですよと、綺麗な声で説明する。

他のお客さんもそれを聞いてワクワクしたり、うっとりしたりで、自分も同じ商品を追加したいと申し出る人が、多数だった。

絢辻は、令二が間違ったクリスマスケーキを渡してしまった、もう一人の田中さんに電話し謝罪した。間違えたケーキはそのままお召し上がりください。ご予約のケーキはご自宅までお届けにうかがいますと伝え、先方の了承を得ると、

「令二くん、きみが届けてください」

と、やわらかな口調で言った。

令二が硬い表情を浮かべると優しい顔で、

「大丈夫です。電話に出られたのは、とても感じのよい主婦のかたで、びっくりしたとおっしゃっておりましたが、怒ってはおりませんでしたよ。それにきみのように見栄えのよい、礼儀正しく賢そうな少年から謝罪されたら、たいていの女性は気持ちがやわらいで許さずにいられません」

と励ました。

それを聞いた令二も自信がよみがえったのか、青ざめていた頬に赤みがさし、

「はい、行ってきます」

糖花が急いで仕上げたピスタチオのパリブレストを持って、店から電車で一時間以上離れた田中明敏さんの家へ向かったのだった。

◇　◇　◇

こんなに満たされた幸福な気持ちになるのは、いつぶりだろう……。

開店間際に駆け込みでやってくるお客さんたちの対応をしながら、絢辻はあたたかな満足感にひたっていた。

久々の立ち仕事で疲労はあるが、それ以上に体の底から喜びが込み上げてくる。

ソムリエを辞めたあとも捨てられずにしまっておいた燕尾服と、ソムリエの証《あかし》である金の葡萄のバッジ。このふたつは故郷の家を処分し、この街でホテル暮らしをはじめたときも持ってきてしまったものだ。

また役に立つ日が来るとは思いませんでした……。

――僭越ながら断言いたします。絢辻さまのストーリーテラーとしての力は失われてはおりません。時がくれば自ら舞台に上がられることでしょう。

ストーリーテラーの青年は深みのあるよく響く声で、そう予告した。

なぜなら、当店の半月のガトーオペラには、心からの願いが叶う月の魔法がかかっているからです、と。

そしてクリスマスイブの今日、彼の言葉は実現した。

その彼は、今は外出もままならない身で、ホテルの一室で深い悔恨に囚われている。

――今日はイブですよ。お店へ行かなくてよいのですか？　腕の包帯はとれたのでしょう？

絢辻が尋ねたら、

――足のギプスは当分はずせません。松葉杖をついた私が行っても迷惑になるだけですから。

と、ひっそりと答えた。

――では、私が語部さんの代わりに、お手伝いにうかがいましょう。

あんな言葉が口から出たのは、彼の気持ちを煽《あお》り、前へ進ませたかったからだと思っていたけれど……絢辻自身の渇望だったのかもしれない。

たくさんの物語があふれていたきらびやかな舞台の片隅に、また存在できるならと……。

語部さん、あなたはどうなのですか？

あなたの中のストーリーテラーを、このまま眠らせてしまってよいのですか？

絢辻がいくら気を揉《も》んでも、彼のようになんでも一人でこなそうとして実際こなしてしまえる頑固で有能で厄介な人間の心を変えることは、極めて困難だと理解しているのだが。

そう、彼女のように……。

ショーケースが空になり、閉店まで残り十分を切ったとき、若いお母さんと小さな女の子が店に入ってきた。

女の子はお母さんと手をつないでいて、急いで走ってきたのか真っ赤なほっぺをして白い息を吐いている。

けれど目はきらきら輝いていて、

「よやくしたお月さまのクリスマスケーキを、とりにきました」

と、あどけない可愛い声で言った。

「安藤茉由さまの三日月の苺のケーキでございますね。ただいまお持ちいたします」

「え？　え？　なんでわたしの名前がわかったの？」

二十四日分のクリスマスケーキは、あとひとつしか残っていないからなのだが、小さな体いっぱいで驚きを表現している女の子に、絢辻は微笑んで言った。

「私は魔法が使えるのですよ」

厨房からケーキを持ってきて、箱から出して女の子に見せると、女の子は、

「うわぁ」

と声を上げて、さらに目をきらきらさせた。

「三日月のお月さまに苺がいっぱいだぁ！」

「苺は春の果物と思われておりますが、実はクリスマスの時期が一番甘く美味しく

いただけるのですよ。こちらのケーキは、ミルク風味の生クリームとカスタードクリームを重ねてダブルクリームにして、甘酸っぱい苺のコンフィチュールを忍ばせております」

「こんふぃちゅーる？」

「とろとろの苺のジャムみたいなものですよ」

「わぁ、とろとろの苺～」

「三日月の上にも、このように苺をびっしりと並べ、その上にさらに白い生クリームをたっぷりとかけさせていただいております」

「雪みたい。こっちの端には、サンタさんがいるのね。このおうちは……サンタさんのおうち？」

メレンゲで作ったサンタクロースと、クッキーの家を見ながら、女の子がわくわくしている声で尋ねる。

「さようでございます。実は、私が月からひそかに聞いた話では、このサンタさんは月で苺を育てているそうでございます。苺のひとつひとつに月の魔法をかけて、クリスマスに届けるのです」

「この苺にも魔法がかかってる？」

「はい、私が茉由さまのために特別な魔法をかけておきました」

「よかったわねぇ、茉由ちゃん」

母親が言うと、

「うんっ！」

大きくうなずいて、絢辻を見上げて小さな唇をほころばせた。

「……おじいさんは髪が真っ白でふわふわで、魔法も使えて、サンタさんみたいね」

小さな女の子が素直な気持ちで伝えてくれた言葉に、絢辻の胸はあたたかく震えた。

そうか、私はまだ魔法が使えるんだ……。

◇　◇　◇

女の子とお母さんが手をつないで帰ってゆくのを、麦もほっこりと見送った。

七時の閉店までもうわずかで、きっと今の二人がイブの最後のお客さんだ。

……令二くんから無事にケーキを届けたって連絡も入ったし、なんとか乗り切れてよかった。

あと一日、二十五日のクリスマス当日が残っているけれど、さすがに今日ほど忙しくはないだろう。

厨房のほうへ視線を向けると、ガラスの壁越しに姉の姿が見えた。

イブの激務を終えてホッとしているかと思ったら、哀しそうな眼差しで店の外のほうを見ている。

麦は胸がズキズキしてしまった。

やっぱりお姉ちゃんは、カタリベさんを待っているんだ……。

◇　　◇　　◇

「やったー、終わったー！　おれ『close』の札をかけてくるね！」

時彦やパートさんたちがぐったりする中、まだ元気な郁斗が厨房から飛び出して行こうとするのを、糖花は呼び止めた。

「それはわたしがしますから、郁斗くんは後片付けをお願いできますか」

「うんわかった。ねぇ時兄ぃ、このあとおれのアパートでイブのお祝いをしよう」

「まだ二十五日が残ってるだろ。てか、おまえ、ぴょんぴょん跳ねて元気だな……くそっ、おれだってまだ若い」

時彦がぼやいている。

「みなさん、おつかれさまです。今日はありがとうございました」

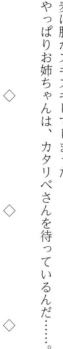

糖花は売り場のパートさんたちに声をかけながら、店の外へ出た。

コックコートしか着ていないので、凍えそうな寒さに身震いしてしまう。

ドアにかかっている札をひっくり返し『close』にし、冷たい月の光に照らされた夜のアスファルトを、哀しい気持ちで見つめた。

今日よりもっと寒い、雪が降り積もった日の朝に、店の前のこの道で語部は足をすべらせ転倒し、頭を打って気絶してしまったのだ。

今夜は雪は降っていない。ただひんやりした青白いアスファルトだけがある。

語部さんは……やっぱりイブにも帰ってきてくれなかった……。

うつむいていた顔を上げて、切ない気持ちで遠くを見る。

近隣の家々には、あたたかな明かりが灯っていた。これから家族でイブを祝うのだろうか。

道路の向こうから、近づいてくる人がいた。

月がひっそりと光を投げかける道を、急ぎ足で進んでくる。

彼女は、店の前で足を止めた。

「申し訳ありません。もう閉店で、クリスマスの生菓子は全部売り切れてしまいました。でも焼き菓子でしたら」

「いいえ、お菓子を買いに来たのではなくて実は」

ショートカットを自然なアッシュグレーに染めた細身で背筋がピンと伸びた六十代ほどの女性は、きびきびと話している最中、突然驚きの表情を浮かべた。

「ハルくん、ハルくん！」

糖花の横をすり抜け、店の中へ入ってゆく。

燕尾服を着た絢辻を睨みながらカツカツ進み、その絢辻も驚いている様子で、

「充さん……」

と、つぶやいた。

「あ、あの、絢辻さんのお知り合いのかたですか」

糖花が後ろから追いかけてきて尋ねると、絢辻は歯切れの悪い口調で答えた。

「……私が金沢にいたころに、一緒に暮らしていたかたです」

「えっ、絢辻さんの恋人！」

厨房から出てきた郁斗が二人のあいだにぴょこんと顔を出そうとするのを、時彦が後ろから服をつかんで引き戻す。

「恋人と申しますか……私が彼女のマンションに押しかけて、だらだらと居座った形で……もともとは実家の改築の件で、彼女に相談に乗ってもらっていたのがはじまりだったのですが……」

五代充という、キリッとした見た目だけではなく名前まで雄々《おお》しい女性は、絢辻と同じフィットネスジムの会員だったという。

顔見知りではあったが特別親しいわけではなく、二人が急接近したのは高齢の両親を看取った絢辻が実家の改築のため、設計事務所を営む充に、あれこれ相談をしたのがきっかけだった。

「私に決断力がなくて……打ち合わせがどんどん長引いてゆきまして……そのうち彼女のマンションにお邪魔するようになり……そのまま……ふわっと……」

「そう、気がついたら、ふわっとうちにいた。それでふわっと行方をくらましたよね」

「ちゃんと書き置きを残したじゃありませんか」

「クッキーは充さんが食べてくださいという、あれ？　最初クッキーってなんのことかわからなかったよ。十二月に入ったら今度はやたら重い荷物が送られてきて、開けてみたらこちらのお店のお菓子が入っているじゃない。シュトレンっていう鈍器代わりに使えそうな重くて大きなやつ。しかも、差出人の住所も電話番号も書いてないし」

ジロリと睨まれて、絢辻がうつむいてぽそぽそと言う。

「それは……いざとなるとためらわれるというか……私のほうから出ていって今さらというか……。けど、充さんはなぜわざわざ金沢から？」

「とっくにあの世へ行ってると思ってた人から荷物が届いたら気になるでしょう。送り状の字もあなたの字だし」

絢辻が顔を上げ目を丸くする。

「あの世って、まさか充さんは私が死んだと思ってたんですか！」

「ええ、そのとおり」

きっぱりと答える充に、

「なぜそんな誤解を？」

と困惑している口調で絢辻が言う。

すると充は絢辻の鼻先に指をつきつけ、怒っている声で言った。

「病院から帰ってきて、世界の終わりみたいな真っ青な顔で『もう私はパリにもミラノにもウイーンにも行けない』と言ったのは誰？　部屋に閉じこもって出てこないし、ずっとコンコン咳をしてるし――あのタイミングで『さようなら』なんて書き置きを残して出ていったら、余命宣告でもされたのかと思うでしょう」

実際は、肺に疾患があることを告げられたらしい。

適切な処置をすれば日常生活にそこまで支障はない。

ただし酸素濃度が低下する危険があるため、飛行機には乗れないと。

ソムリエを引退したあとの絢辻の夢は、世界のオペラハウスを巡り、その土地のお菓子を味わうことだった。

「なのに飛行機に乗れないだなんて、絶望しかないじゃありませんか」

「なら船で行けば？　うじうじ部屋に閉じこもって、まぎらわしい」

「私はかなづちなので船は問題外です。フィットネスジムで私が泳いでいるのを見たことがありますか？」

「確かにあなたはジムで運動しているよりも、暇人の奥さまたちに取り囲まれて、しゃべっているほうが多かったね」

「ジムへ行く目的は人それぞれでしょう。私にとってジムは社交の場です。充さんは黙々とトレーニングに励んでいましたが」

「そう、あなたがふわふわした顔で話しかけてくるのが、鬱陶しくて仕方なかった」

絢辻の表情が、すっと曇る。

「……充さんは一緒に暮らしているとき、私が話しかけても無視したり空返事ばかりでしたね。私が、充さんも一緒に世界のオペラハウスとお菓子を巡りませんか？

と尋ねても、興味がないし仕事が忙しいから無理だと、それは冷たく断って

「実際……忙しかったし」

充の顔も強張り、口調もさらにつっけんどんになってゆく。

「もし私がいなくなったら充さんはどうするかと訊いたときも、『どうもしない』と淡々と返された。あのとき、私は充さんにとっていてもいなくてもいい人間なのだと確信しました。私がいなくなっても、充さんは本当にどうもしないし変わらないだろうと」

「だからなに？　どこへも行かないで、一緒にいて、と泣いて取り乱してみせれば満足だった？　わたしがそういう女を軽蔑《けいべつ》していることを知ってるでしょう」

「ええ、あなたは決して泣いたりしない強い人です。一緒にいても淋しくなるほど強い人でした」

最初は恋人たちの痴話喧嘩に見えていたのが、途中から深刻でヒリヒリした雰囲気になり、郁斗でさえ口出しできず固まっている。

糖花は、ずっとはらはらしていた。

充さんは絢辻さんのことを心配して、わざわざ金沢からお店を訪ねてきてくれたはずなのに。

絢辻さんも、充さんにシュトレンを送ったのは、充さんのことをまだ想っているからじゃないんですか？


このままだと二人はお互いに傷つけあって、また背を向けあってしまう。

そんなのは悲しすぎる。

語部がマンションから消えてしまったときの真っ暗な絶望と、自分が彼を追いつめたのだという胸を切り裂かれるような後悔が、すれ違う絢辻たちを見ていたら思い出されてしまって。

糖花は厨房に駆け戻り、薄くカットしたシュトレンをバットにのせたものを持ってきた。

激務の最中に糖花がつまんでいたものだ。昨日と今日は他のスタッフたちもなかなか休憩がとれず、シュトレンで空腹を満たしていた。

それを、絢辻と充のあいだに両腕を伸ばして差し出した。

「あのっ、どうぞ、召し上がってみてください」

二人が驚いて糖花を見る。

糖花の内気さを知っている麦も、郁斗や時彦、パートさんたちも、みんな糖花の行動に驚いている。注目されるのが苦手な糖花は、それだけで頭がカァァァッと熱くなって足が震えてしまう。

それでも小さな声で一生懸命に言った。

「しゅ、シュトレンは、クリスマスを待つあいだに食べるお菓子なんです。今日はイブで……楽しい日で、幸せな日のはずで……。だから……あの」

糖花がシュトレンにこめた想い。

それはとても確かなもので、綺麗なもので――。

けれど言葉にしようとすると、とたんに曖昧になる。

二人に喧嘩をやめて、シュトレンを食べて落ち着いてほしいのに。そうしてお互いの気持ちに向き合ってほしいのに。

言葉が出てこない。

なにも思い浮かばない。

シュトレンのバットを持ったまま二人のあいだに立ちつくし、無力さに打ちのめされている。

やっぱりわたしじゃダメだ。

語部さんみたいにできない。

語部さん……！

彼はもうここにはいない。心の中でどれだけ助けを求めても帰ってきてくれるはずがないのに――。

そのとき、誰もいないはずの厨房から声が聞こえた。

「シュトレンは、十四世紀のドイツでパン職人たちからナウムブルクの司教にクリスマスの贈り物として献上された記録が残っております。クリスマスを待つ約四週間を待降節《アドベント》といい、これは神の子イエス・キリストの降誕を待ち望む期間のことです」

「この十二月二十四日までの約四週間のあいだに、毎日少しずつスライスしていただくパン菓子がシュトレンなのです」

カツン……カツン……と、両脇に挟んだ松葉杖をついて、黒い燕尾服に身を包んだ語部が、厨房から現れる。

裏の勝手口から入って、ここまでのやりとりに耳をすましていたのだろうか。

麦が嬉しそうに声を上げる。

「カタリべさん！」

スタッフは語部が松葉杖をついて右足にギプスをはめているのを見て驚いている様子で、時彦は口もとをほんの少しゆるめた。

そして糖花は――。

泣きそうになりながら語部を見ていた。

松葉杖をついているけれど、彼はとても堂々として立派に見えた。燕尾服にも後ろに撫でつけた髪にも少しの乱れもない。

深みのある艶やかな声が、売り場に響き渡る。

「クリスマスの前夜に、当店のストーリーテラーであるこの私が、月が教えてくれた奇跡を語りましょう」

険しい顔をしている充と、浮かない顔をしている絢辻の二人に向かって優雅に一礼し、語部は話しはじめた。

「シュトレンは、発酵させた生地に洋酒に漬けたドライフルーツやオレンジピール、ナッツ、シナモン、カルダモン、ナツメグなどのスパイスを練り込み、その生地でマジパンを包んだものを焼き上げて作ります」

「これだけでも一苦労ですが、さらに焼き上がった生地を溶かしバターにくぐらせたり、はけでまんべんなく塗るなどし、浸み込ませるのです。これを数回にわたって行ったのちに、大量の粉砂糖をまぶして、ようやく完成となります」

「とある美しいシェフもまた、膨大な数のシュトレンに、繰り返し、繰り返し、月の光のような金色のバターを塗っておりました。その手つきは、生まれたばかりの幼子イエスの頭を撫でる聖母マリアのように優しくしくしとやかで。その顔にはやわらかな微笑みと祈りがありました」

「彼女はシュトレンに、魔法をかけていたのです」

「少しずつ熟成し、味が変化してゆくのが楽しい。そんなシュトレンをいただきながら、クリスマスまでの時間を、わくわくしながら過ごしてほしいと」

「そしてシュトレンの最後のひとかけらを食べ終えたとき、月の光が世界を満たし素晴らしい奇跡が起こるような、最高のクリスマスを迎えられる、そんなシュトレンになるようにと願いながら。優しく、根気強く、魔法をかけていったのです」

糖花がお菓子にこめた想いを、願いを、祈りを、語部が語り、きらめかせる。

お菓子の中に眠っていた魔法が、ゆっくりと息をしはじめ、豊かに広がってゆく。

――お店を続けましょう、シェフ！　私がこの店のストーリーテラーになり、シェフの作るお菓子からストーリーを引き出し、売ります。

語部が興奮に目を輝かせ、熱い口調で語った日のことを思い出す。

あのとき、とてもびっくりして。

クリスマスでさえお客さまに素通りされる赤字続きの店を、立て直せるだなんて思えなくて。

――こちらのお店に足りないもの、それはこの私です。

語部の声が月の光のように響きながら、店内に流れてゆく。壁の棚に並ぶクリスマスの焼き菓子、イートインの丸いテーブルと猫足の椅子、ケーキが完売して空になったショーケース、すべてが月の魔法を帯びてゆく。

糖花の呼吸も軽くなる。

糖花の拙《つたな》い想いを語部が語ってくれる。

だから安心して息ができる。

絢辻と充の顔から、やりきれなさや、かたくなさが消えてゆき、語部の言葉に引き寄せられるように耳を傾けている。

松葉杖で体を支えた語部が、糖花の手からシュトレンのバットを優しく取り、絢辻と充のほうへうやうやしく差し出した。

「クリスマスまでまだ少し時間があります。どうぞ召し上がってください。最後の月のかけらです。星住くん、飲み物をお願いします」

「承知しました！」

郁斗が元気に言い、すぐにワイングラスに月の光のような金色の液体を注いで戻ってきた。

「クリスマスっていったらシャンパンだけど、絢辻さんならこっちかなって。ボルドーだよ！」

輝くような笑顔で差し出されたトレイから絢辻がワイングラスを受け取る。流れるような仕草でテイスティングし、つぶやく。

「……ソーテルヌの貴腐ワイン……七、八年以上は経っていそうだ……シャトー・アンドワーズ・デュ・アヨですね。蜂蜜や花、シロップ漬けの白桃を思わせる濃厚な香り、とろりとしたコクと、爽やかなフレッシュフルーツの甘さが、シュトレンと合いそうです」

そうして銀のバットから、スライスしたシュトレンをひとつつまんだ。たっぷりまぶされた粉砂糖は熟成を重ねて固まり、半月の形をした生地をしっとりと包んでいる。

それを口に入れ、ゆっくり味わい、安らいだ表情で言う。

「これは……なんて優しいお味なのでしょうね……。ラム酒につけたフルーツやスパイスがふくよかに香り、生地に浸み込んだバターの風味とおだやかに溶け合う……。甘口のワインとのマリアージュも心地よい……。充さんも、食べてみてください」

絢辻にふわふわした笑顔ですすめられ、充はちょっと口をへの字にしたあと、ワインのグラスをとり、いっきに半分ほど飲んでから、シュトレンを一切れつまんで食べはじめた。

すぐにか弱げな眼差しになり、ぽつぽつと語る。

「……あなたが送りつけてきたシュトレンを食べたときも……美味しい、と思ったけれど……これは……もっとしっとりしていて……なのに、ほろっと崩れて……砂糖もこんなに厚みがあるのに……甘ったるくなくて……とても優しく……感じる」

残ったワインを、今度はゆっくり飲む。

それからまた黙ってシュトレンを食べていたが、しだいにうなだれていって……。

「充さん？」

絢辻が心配そうに声をかけると、顔を伏せたまま言った。

「あなたの名前で、いきなり重くて大きなお菓子が届いたとき……本当に、息が止まるかと思うほど驚いた……。あなたはまだ生きているのか、どういうつもりでこんなものを送ってよこしたのか……毎晩シュトレンを一切れずつ食べながら、あなたのことを毎日、毎日……考えてた」

絢辻は戸惑っているようだった。

今までこんな弱々しい様子の彼女を、見たことがないのだろう。

「最後の一切れを食べ終えて……空っぽになった箱を見ていたら、無性にあなたに……会いたくなったの。箱の裏に材料と店の住所を記載したシールが貼ってあったから、ここで聞けば、あなたの居場所がわかるかもしれないと思って……なにもイブに来ることはなかったのにね……仕事を終わらせて新幹線に飛び乗ったら指定席は売り切れだし、自由席も死ぬほど混んでて立ちっぱなしだった」

「それは……大変申し訳……ありませんでした」

「まったくだよ……」

二人とも黙ってしまう。

見ている糖花たちも、もどかしい。

語部が、おだやかな声で語りかけた。

「絢辻さん、以前私が、真実の愛を得るためにはドゥルカマーラではなく、ネモリーノになればよいと語ったことを覚えていらっしゃいますか？　アディーナは高慢で、ネモリーノは自信がない。惹かれあっているはずなのに、なかなかうまくいかないカップルでした。そのせいではらはらするような騒動も起きました。でも、あの騒動があったからこそ、アディーナはネモリーノに気持ちを打ち明け、二人は真実の愛に至ったのです。焼き上げたシュトレンにバターを何度も何度も塗り直すように。そうすることで味わいが増すように。二人にとって必要な過程だったのでしょう」

充がうなだれたまま、ぼそりとつぶやく。

「真実の愛だなんて……わたしはもう七十歳だよ」

なのに自分の心がコントロールできず、弱々しい姿をさらしていることを悔しく感じている口調だった。

そんな充に、語部が心に響く深みのある声で言う。

「今どきの人生は百年です。熟成したシュトレンのお味は格別ではありませんでしたか？　アディーナがネモリーノに本当の気持ちを伝える最後のアリア『受け取って』を歌ってくれさえしたら。これからますます楽しみな生活がはじまるのではないでしょうか」

充がひっそりと顔を上げる。

頼りなげな、うるんだ目で絢辻を見つめて告白した。

「本当は……あなたが注文したクッキー缶が届いたときも、夜中に車で、あなたの家まで会いに行ったんだ。まだ間に合うんじゃないか、あなたとやり直せるんじゃないかと思って。でも家は取り壊し中だった。それでもうあなたには二度と会えないと絶望してた。だから……十二月になってあなたからシュトレンが届いたときは、まだ生きてるんだって……嬉しかった……」

絢辻の顔に驚きが広がってゆく。

「……知りませんでした……家に来てくれたなんて」

片手を額にあてて情けなそうに首を横に振り、充のほうをまた見て、真面目な顔で、また語った。

「あのクッキー缶を食べずに家を出てしまったことを、少しだけ後悔していたんです……。なので実家を処分したあと、この店へ来てみたんです。とても居心地がよくて……この店にもっと通いたくて、駅前のホテルに居続けていました。充さんにシュトレンを送ったときに連絡先を書かなかったのは、ホテル暮らしだったからで……いいえ、それは言い訳です」

絢辻が顔をしかめる。

「私は、自信がなかったんです。充さんとやり直したかったけれど、そっけなく拒絶されるのではないかと怖かった。だから、充さんが金沢から来てくれて驚いたし……嬉しかったです」

姿勢を正し、今度はまっすぐに充を見据えて、絢辻は言った。

彼女が彼に真実を示してくれたように、彼もまた勇気を出して告白する。

「私は充さんとオペラハウスを回りたい。ミラノにもウイーンにもパリにも行けませんが、日本にもいい劇場がたくさんあります。私にエスコートさせてください」

「なにを言ってるの」

充は眉をぐっと吊り上げた。

絢辻がまた弱気な顔になりかける。

「あなたはわたしと一緒に船に乗るの！　わたしが泳ぎが得意なの知ってるでしょう？　あなたが溺れそうになったら引っ張り上げて、岸まで連れていってあげる」

口では強気に。

だが、充の目のふちに一粒の真珠のような涙がにじむ。

それを絢辻は、この世で一番尊いもののように目を細めて見つめ――そっと指でぬぐった。

「私は夢が叶うのですね。クリスマスの最高の贈り物です」

そうして自分も泣き笑いした。


クリスマスに奇跡が起きたんだわ。

思いが通じあって、なごやかにワインを飲み、シュトレンを食べている二人を見て、糖花は感動していた。

トラブルが続出したイブの営業を終え、スタッフにワインやシャンパンを一杯ずつ振る舞う。みんな明るい表情で「あと一日、頑張りましょう」「イブを乗り切れたんだから大丈夫ですよ」と言いあっている。

「それに、語部さんも帰ってきたしね、お姉ちゃん」

麦がノンアルコールのシャンパンを注いだグラスを片手に言う。

語部はパートさんたちに囲まれて、その怪我はどうしたのか？　ギプスはいつとれるのか、お店が心配で病院から抜け出してきたんじゃないのか？　と質問攻めにされていたが、微笑みを浮かべてそつなく答えていた。

郁斗はワインをグラスに注いで飲もうとして、時彦にグラスを取り上げられた。

「ここでは飲むな。写真を撮られたら炎上するだろ」

「えーっ、ちょっとだけ」

「ダメだ」

そんな中ケーキを届けに行っていた令二が戻ってきて、

「なんでカタリべがいるんだよ」

と腹を立てるのを、麦が、

「まぁまぁ、令二くんもおつかれさま」

とノンアルコールのシャンパンを渡して、なだめた。

「絢辻さんとテーブルで話してる女の人、誰？」

「あの人はねー」

「私の彼女ですよ」

麦が答えるより先に絢辻が麦たちのほうを向いてウインクして答え、恥ずかしがる充にテーブルの下で足を軽く蹴られたり。

それでも二人とも幸せそうで。

糖花の隣に、いつのまにか松葉杖をついた語部が立っていた。

あの夜のことも、なぜ黙ってマンションを出ていったのかも、これまでどこにいたのかも語部は語らない。

糖花も訊かない。

黒い燕尾服のストーリーテラーは糖花の傍に、ただゆったりと寄り添っていて、それだけで、おだやかな奇跡の中にいるみたいに嬉しかった。

# エピローグ

# バニラが香る
# まろやかなフランジパーヌと、
# サクサクのパイに誓う
# ガレット・デ・ロワ

*Epilogue*

クリスマスから数日が過ぎ、一年の最後の日。

『月と私』は年明けの三日までお休みだが、糖花と語部は厨房でガレット・デ・ロワの試作に励んでいる。

アーモンドクリームをパイ生地で包み、表面に小型のナイフで美しい飾り模様を刻んで焼き上げるフランスの伝統菓子だ。

クリスマスに誕生したキリストのもとへ三人の博士たちがお祝いに訪れ神の子の誕生を公にしたのが一月六日で、この日を公現節《エピファニー》という。

ガレット・デ・ロワは年明けに家族や友人が集まって、公現節を祝って食べるお菓子なのだ。

「半月や三日月の小さいサイズのガレット・デ・ロワも作りたいんですけど、やっぱり基本は満月で」

「そうですね、お客さまのニーズの多い五号をメインにして、台数限定でショーケースに七号二十一センチの満月を置いたらインパクトがあるかと」

「半月と三日月はチョコレート味やレモン味も楽しそうです」

「チョコレートは半月、レモンは三日月でいかがでしょう」

「はい、満月はフランジパーヌで」

「そうです。アーモンドクリームとカスタードクリームを混ぜたものですね」

「アーモンドクリームだけよりまろやかで優しい味わいになるんです」

「シェフのお菓子のコンセプトにぴったりです。語りがいがあります」

　そんなふうに休み中もずっと二人で語りあっていて、試作のガレット・デ・ロワを何台も焼いた。

　お姉ちゃんもカタリベさんも、やっと長めのお休みに入ったのに、ずっと仕事してるんだもんな～と麦にあきれられてしまったけど、「ま、いいや、お姉ちゃん生き生きして楽しそうだし。ちゃんとごはんも食べてるしね」と笑って言われた。語部も以前のように三田村家の食卓に交じっている。

　足のギプスも年明けにははずれそうで、まだ手も足も完全ではないが一月の営業日から店に立ちますと宣言していた。

　二十五日のクリスマスは松葉杖のまま厨房を手伝い、お客さまが増えてきたら売り場に出たがって大変だった。

　――まだ、ダメです。

――私のストーリーテラーの血が騒ぐのですよ。

子供っぽく言い張っていた。

失踪する前と変わらないようでいて、やっぱり少しだけ気持ちをストレートに表現するようになったと糖花は感じている。

オーブンに入れる前のガレット・デ・ロワに細いクープナイフで薄く切れ目を入れ、月桂樹の模様を描いてゆく。お菓子にナイフやフォークで筋をつけたり線を引いたりすることを、レイエという。

「シェフのレイエはもはや芸術ですね。美術館に展示したいほどです」

語部が感心してくれる。

「褒めすぎです。それに焼いてみないと模様が綺麗に出るかわかりませんし」

焼き上がり後――。

オーブンから出てきたガレット・デ・ロワの表面は、細かく入れた切り込みが綺麗に開き、円状に配置した月桂樹の葉が大輪の花のように華麗に浮き上がっていた。

「月の花ですね。素晴らしい」

「はい、成功です」

糖花も嬉しくなって、語部と顔を見あわせてにっこり微笑みあう。

厨房で出来立てのガレット・デ・ロワを試食してみることになった。

語部が切り分けたガレット・デ・ロワをイートイン用の皿にのせ、紅茶のカップと一緒に糖花の前に置いてくれる。

作業用のテーブルに向かい合って座り、一緒にガレット・デ・ロワを食べた。

熱々のガレット・デ・ロワは外側のパイもサクサクで、中につめた黄色いフランジパーヌはしっとりまろやかで、バニラの甘い香りがする。

「フランジパーヌとパイ生地を一緒にいただいたときの食感がよいですね。サクサクと歯が沈み、やわらかなフランジパーヌがしっとりと受け止める。バニラの香りもとても華やかです」

「はい、わたしもフランジパーヌとパイ生地を一度に召し上がっていただきたいので、厚みはこれがベストだと思います。冷めても美味しくいただけるように作りましたが、イートインでカットしたものをお出ししてもいいかも。アイスを添えて熱々の状態で提供して……」

「なら満月をあらかじめカットして、お席でお客さまにお好きなピースを選んでいただきましょう。ガレット・デ・ロワといえばやはりフェーブは外せません。フェーブを当てたお客さまに王冠をイメージした焼き菓子をプレゼントするのはどうでしょう」

「とてもいいです！」

糖花は顔をほころばせてうなずいた。

「あ、でも、お客さまはフェーブもお持ち帰りになりたいと思うので、お店で出す分はフェーブの代わりにアーモンドを入れましょう。そうすれば綺麗なフェーブをお渡しできますから。最近はフェーブは別添えにしてアーモンドを入れるお店も増えているみたいです。小さなお子さんがフェーブを飲み込んでしまったら危ないからって。わたしも迷ったのですけど……やっぱりガレット・デ・ロワの中から陶器のケーキやお人形が出てきたら、わくわくすると思うので、お持ち帰り分はフェーブを入れて焼きたいです」

「そうですね。一台のガレット・デ・ロワにひとつだけ入っているフェーブを引き当てたかたは、その日は王さまと女王さまになれるのですから」

糖花の手が止まったのは、金色のフランジパーヌの中からピンクの三日月が出てきたためだった。

とっさに両手を耳たぶにあてる。

語部にもらったピアスを作業中に落としてしまったのかと思ったのだ。

指先にピアスの石がふれる。

よかった、あった。

じゃあこれは？　試作だからフェーブは入れていないのに。

「おや、シェフがフェーブを引き当てたようですね。では本日シェフは女王さまです。どうぞご命令ください」

語部がうやうやしく言う。

語部さんがフェーブを入れたの？

いつ入れたのだろう？　全然気づかなかった。

語部は糖花を見て微笑んでいる。

「さぁ、お望みをおっしゃってください。女王さまのしもべであるこの私が、なんなりと叶えてみせましょう」

ガレット・デ・ロワをカットしたのも糖花の皿にのせたのも語部だから、糖花にフェーブが当たるように彼が細工したのだろう。もしかしたら黙ってマンションを出ていって、そのあと連絡もなくずっと戻ってこなかったことへの、彼なりのお詫びなのかもしれない。

「なんでも……いいんですか？」

「ええ、かまいません。今日はシェフが私の主《あるじ》です」

「でしたら……具合が悪いときに無理をしたり出かけたりするのはやめてくださ

い。語部さんはわたしと最初に会った日も、ぼんやり考えごとをされていて、雪で足をすべらせて転んでしまいましたよね。今度もまた、どこかで大怪我をされてきて……きっと語部さんは普段しっかりされている分、不調のときは注意力が人並み以下になってしまうんです」

こんなに一度に自分の気持ちをしゃべったのは生まれて初めてではないか。だけど本当に心配なのだ。語部さんは完璧なスーパーマンではなく、案外抜けたところがあるのではないかと……。

「いや、お恥ずかしい」

語部が本当に恥ずかしそうに両手で顔をおおう。

が、すぐに手を少しズラして、真面目な顔で糖花を見た。

「その件はじゅうぶん気をつけますが、それはご命令とは言えません。他に私にしてほしいことはないのですか？」

語部さんにしてほしいこと？

そんなことは、たったひとつしかない。

「それなら……ずっとお店にいてください」

語部がハッと息をのむ。

また困らせてしまったのかも。

でも語部に願うことがあるとすれば、それだけなのだ。

好きになってほしいなんて大それたことは望まない。

ただ、彼がずっとこの場所にいて、わたしの作るお菓子を語ってくれたら、それだけでじゅうぶんだ。

もういなくならないでほしい。

そんな気持ちが凝縮して、こぼれ出た言葉だった。

語部は顔をおおっていた手をおろし、微笑んだ。

安らかな笑みだった。

糖花を見つめたまま、真摯な声で言った。

「かしこまりました。二度と糖花さんから離れないと誓います。糖花さんの近くにおります」

「私を、糖花さんとずっと一緒にいさせてください」

糖花がびっくりして、うろたえながら、

「わたしは、お店にいてくださいとお願いしたのですけれど」

と言うと、にこやかに返された。

「はい、糖花さんはお店のオーナーシェフですから。糖花さんとずっと一緒におりますよ」

からかわれてるのかしら？　それともガレット・デ・ロワの女王さまごっこの続き？

それでも胸がいっぱいになって、ピンクの三日月をつけた耳たぶがどんどん熱くなって……。

金色のフランジパーヌから、ピンク色の三日月のフェーブが半分のぞいている。

ピンクの月は、糖花に勇気をくれる。

だから糖花も語部に向かって微笑んで答えた。

「よろしくお願いします」

新しい年は、もう明日だ。

◇　◇　◇

カタリベさんとお姉ちゃん、今日も二人でお菓子を作ってたなぁ……。

あと数時間で今年も終わりという、大晦日《おおみそか》の夜。

麦は、近所の神社に爽馬とお参りに行く約束をしていた。

令二と小毬も一緒だけど。先日爽馬が店に来て、姉に「おれが責任を持って三村さんを家まで送ります」と言ってくれたときは、まるで爽馬にプロポーズされたみたいに嬉しかった。

明るい水色のコートに、ふわふわのモヘアの白いマフラーを巻いて、待ち合わせ場所の公園へ向かっている。

出かけるとき、姉に行ってきますと言うため店をのぞいてみたら、厨房で語部と仕事中だった。

四日前にお休みに入ってからずっとだ。

最初の日だけ郁斗も交ざっていたけれど、郁斗が「時兄ぃも、久々にまる子さんのおやつを食べたいでしょ？」と時彦を引っ張って帰省してからは、姉と語部の二人で一日中試作のお菓子を焼いたり、打ち合わせをしたりしている。

今日も姉は厨房で楽しそうにケーキの材料をかきまぜていて、その横で語部が笑顔でレモンの皮をむいていた。

お互いの顔を何度も見ては微笑みあい、言葉を交わし、また微笑み、今度はなにがおかしいのか声を立てて笑いあったり。フランジパーヌがどうとかこうとか……。

完全に二人の世界で、麦は姉に声をかけずにその場を離れたのだ。

きっとお姉ちゃんとカタリベさんは、この先もずっと一緒なんだろうな……。

「よし、あたしも頑張ろ」

「なにを頑張るの、三田村さん？」

「わ！　牧原くん！」

待ち合わせ場所に着く前に、後ろから爽馬に声をかけられて麦は焦ってしまった。

爽馬は麦の気持ちなど知らなそうに、麦が巻いているふわふわのモヘアのマフラーをじっと見て、からりと笑いながら言った。

「三田村さんのマフラー、首にわたあめくっつけてるみたいだ。うまそう！」

「わ、わた……あめ？」

「って——おれ、またデリカシーなかった？」

心配そうに訊いてくる。

眉をちょっと下げて肩を落としているのがとても可愛く思えて、麦は胸があたたかくなって、

「ううん！　牧原くんらしいや」

と思いっっっきり笑顔になった。

「なんだか、わたあめ食べたくなっちゃったよ」

「おれも！　一袋買って、みんなで食べる？」

「令二くんは手がべたべたになるって嫌がるよ」

新しい年は、どんな年になるんだろう。

牧原くんともっと仲良くなれたらいいな。

お姉ちゃんとカタリベさんも、いいかげんカタリベさんが観念してお姉ちゃんとつきあえばいいのに。カタリベさん頑固そうだから、あたしが上手に背中を押してあげないとダメかなぁ……。

そんなことを考えながら爽馬と並んで歩く麦の頭上で、アーモンドクリームとカスタードクリームを合わせたフランジパーヌみたいな金色の月が、しっとりと輝いていた。

作中に登場するワインについては、
ワイン&食文化研究家の岡元麻理恵さまにご助言をいただきました。
ありがとうございました。

参考文献

「フランス地方のやさしい焼き菓子」大森由紀子　柴田書店
「フランス菓子図鑑　お菓子の名前と由来」大森由紀子　世界文化社
「ケーキの歴史物語」ニコラ・ハンブル　訳・堤理華　原書房
「マンスフィールド短編集」キャサリン・マンスフィールド　訳・安藤一郎　新潮社
「オペラ対訳ライブラリー　ドニゼッティ　愛の妙薬」ガエターノ・ドニゼッティ　訳・坂本鉄男　音楽之友社

本書は書き下ろしです。

ものがたり洋菓子店 月と私

ふたつの奇跡

野村美月

2024年4月5日　第1刷発行

発行者　加藤裕樹
発行所　株式会社ポプラ社
〒141-8210　東京都品川区西五反田3-5-8
JR目黒MARCビル12階
ホームページ　www.poplar.co.jp
フォーマットデザイン　bookwall
組版・校正　株式会社鷗来堂
印刷・製本　中央精版印刷株式会社


N.D.C.913/284p/15cm　ISBN978-4-591-18168-3



P8101491

# ものがたり洋菓子店 月と私

## ひとさじの魔法

野村美月

仕事も恋愛もぱっとしない岡野七子がたどり着いた、住宅街の洋菓子店「月と私」。そこには、お菓子にまつわる魅力的なエッセンスを引き出して、物語としてお客に届ける「ストーリーテラー」がいた——。さまざまな悩みを抱えてお店を訪れた人たちは、ストーリーテラーの語る物語と、内気だけれど腕利きのシェフが作る極上のお菓子に心解きほぐされていく。心を甘くやさしくときめきで包み込む連作短編集。

# 本のない、絵本屋クッタラ
## おいしいスープ、置いてます。

標野凪

札幌にある『本のない、絵本屋クッタラ』は店主・広田奏と共同経営の八木が切り盛りする本屋兼カフェ。メニューは季節のスープセットとコーヒーのみだが、育児に悩んだり、自分の今の立ち位置に迷った客が今日もやってくる。名の通り店に本はないが、奏は客の話に耳を傾けると、後日悩みに寄り添う絵本をそっと差し出す。それは時に温かく、時に一読しただけではわからない秘密をもっていて……。